숲이 내게 걸어온 말들

숲이 내게 걸어온 말들

초판 1쇄 인쇄	**2024년 2월 25일**
초판 1쇄 발행	**2024년 3월 10일**
지은이	최정희
펴낸이	우세웅
책임편집	김휘연
북디자인	김세경
종이	페이퍼프라이스㈜
인쇄	유성드림
펴낸곳	슬로디미디어그룹
신고번호	제25100-2017-000035호
신고연월일	2017년 6월 13일
주소	경기도 고양시 덕양구 청초로66, 덕은리버워크지식산업센터 A동 15층 18호
전화	02)493-7780
팩스	0303)3442-7780
전자우편	wsw2525@gmail.com(원고투고·사업제휴)
홈페이지	slodymedia.modoo.at
블로그	slodymedia.xyz
페이스북.인스타그램	slodymedia

ISBN 979-11-6785-179-6 (03810)

숲이 내게 걸어온 말들

20년 차 숲 해설가가 만난 식물들과 삶의 이야기

최정희 지음

설렘

고요한 가운데 눈을 감고
자연과 소통 중입니다

프롤로그

저는 숲을 읽어주는 사람, 숲 해설가입니다. 20년 동안 숲속에서 사람들과 활동했지요. 저에게 숲은 한 권의 책이자 한 편의 드라마였습니다. 그렇게 숲을 통해 보고 들으며 깨달은 것들이 있었지만, 제 삶은 변하지 않았어요. 고등학교 3학년 때, 아버지의 병환으로 대학 진학과 꿈을 포기한 저는 늘 살던 방식대로 살아왔고, 저의 꿈이 자주 꿈틀거렸지만 외면했습니다. 비록 저는 꿈을 포기했지만 제 꿈은 저를 포기하지 않았습니다.

어느 해 2월, 햇빛은 쨍쨍했지만 바람이 몹시 차가웠던 날, 바람에 흔들리는 한 무리의 냉이들을 보았어요. 높이는 4~5cm 정도였는데, 두세 송이에서 여섯 송이씩 꽃을 달고 있었어요. 그들 중 가장 작은 냉이, 높이가 채 1cm도 되지 않는 냉이가 바람에 흔들리고 있었습니다. 실보다 가는 줄기에 꽃 한 송이를 달고 있던 그 냉이, 저는 순간 숨을 멈추고 말았어요. 사실 그 1cm 냉이를 만나기 한참 전부터 저는 지금까지 살아온 방식으로는 살 수 없다는 생각을 하곤 했어요. 이는 마치 시지프스의 돌을 굴리는 것과 마찬가지라고 생각했죠. 앞으로 수십 년을 더 살아도 똑같은 삶을 이어간다면 무슨 의미가 있겠어요. 그때부터 저는 다른 방식으로 살겠다고 다짐했지만, 시지프스처럼 인생이라는 산 위로 돌멩이를 굴리며 올라갔다가 도로 떨어져 내리기를 반복했습니다.

2013년 1월, '나도 책을 한 권 써보자.' 결심을 하고 서점에서 《내 인생의 첫 책쓰기》라는 책을 샀습니다. 제가 이 책을 다시 펼쳤을 때는 8년하고도 5개월이 지난 2021년 6월이었어요. 이 일은 제 삶의 일부가 아닌 제 삶의 전체적인 흐름을 보여주는 일이에요. 이대로 살다간 8년 5개월 후인 2029년 11월에 그 책을 다시 펼쳐 들지도 모릅니다. 저는 '이러다간 이번 생을 망치겠다.'는 생각과 '이렇게 살아서는 안 된다.'라는 자각을 했어요. 바로 이때 오래 전 보았던 1cm 냉이가 마음속에 떠올랐고, '냉이 꽃 한 송이라면 나도 피울 수 있겠다.'라는 생각이 들었지요.

우리가 원하는 것을 얻지 못하거나 억울한 일을 당해 인생이 꼬일 수 있지요. 한 번 생긴 꼬임이 반복되다가 이생을 망치는 경우가 있지 않습니까? 꼬인 생이 저절로 풀어지는 경우가 있을까요? 드라마 〈이번 생도 잘 부탁해〉를 보셨나요? 극중 반지음이 1회 차 인생에서 꼬인 매듭을 풀지 못해 18번이나 다시 태어나기를 반복했죠. 드라마 속 반지음은 결국 19회 차 인생에서 전생의 삶을 모두 잊고 보통 사람으로 살게 되었습니다. 그가 전생을 기억하고 삶을 되풀이하게 된 이유를 알고 해결했기 때문이죠. 전생이 있느냐 없느냐 따질 필요는 없습니다. 우리가 마음만 먹는다면 날마다 새롭게 살 기회를 붙잡을 수 있지 않을까요?

그렇게 수십 년 동안 시지프스의 돌을 굴리며 살아온 제게 악순환의 고리를 끊을 기회가 왔습니다. 19살의 어린 나이에 꿈을 포기하고 겪었던 좌절의 매듭을 풀 기회가 온 거죠.

20년 동안 숲에서 활동하면서 깨달은 것은 숲이 삶의 꼬인 매듭을 푸는 방법과 우리가 시지프스의 돌을 굴리는 일에서 벗어나는 방법이었습니다. 숲은 다시 태어나지 않고도 삶을 사는 방법, 말하자면 이생을 충분히 잘 사는 방법이 기록된 책이더라고요. 어느덧 저도 한 권의 책을 내게 되었습니다. 1cm 냉이를 기억해 낸 후 시지프스의 돌을 굴리는 일에서 벗어났기 때문이라고 생각합니다.

삶이 점점 꼬여간다는 생각으로 힘든가요? 시지프스의 돌을 굴리는 일에서 벗어나고 싶은가요? 드라마 〈이번 생도 잘 부탁해〉의 반지음이 1회 차 인생의 문제를 풀고 전생의 기억을 모두 잊고 이생을 살 듯, 다시 태어나지 않아도 좋을 삶을 살고 싶은가요?

'숲이 답이다.'라는 말이 달빛처럼 가슴속에 가득 차오릅니다. 숲이란 책 속에서 당신은 이생을 잘 부탁할 수 있는 1cm 냉이를 만날 수 있을 겁니다. 그래서 시지프스의 돌을 놓아버리는 방법을 알게 될 것입니다. 당신이 숲으로 간다면 말입니다. 당신이 숲이란 책 속 길을 걷다가 1cm 냉이를 만나면 좋겠습니다. 저는 당신의 이번 생이 잘 풀렸으면 참 좋겠습니다.

최 정희

차례

둥글둥글한 귀룽나무 열매처럼 산다는 건

귀룽나무: 장미과에 속하는 관속식물이다. 잎은 달걀형에서 타원형이며 가장자리에 잔 톱니가 있고 끝이 뾰족하다. 어린 가지 끝에 흰색 꽃이 핀다. 6월에 열매가 익는데, 검은색으로 지름 6~8mm로 둥글고 작다. 우리나라 전역에 나며, 몽골, 중국, 일본, 러시아 동북부, 프랑스와 지중해 지역을 제외한 유럽 등에 분포한다.

소낙비가 쏟아진다. 비를 피하려는 사람들이 대구수목원 산림문화전시관으로 몰려온다. 산림문화전시관 안이 사람들의 발소리와 "너무 많이 쏟아진다." "언제 그칠까?"라는 말소리로 시끌벅적하다. 산림문화전시관 입구에 서서 나도 어두컴컴해진 바깥을 내다본다. 잠깐 사이 산책로가 개울로 변한다. 개울물 위로 빗방울들이 퐁퐁퐁 떠내려 온다. 우산을 쓰고 새로 생겨난 개울물을 걷는다. 신발 속으로 물이 들어오고 바지 밑단이 빗물에 젖기 시작한다. 무궁화원과 습지원 사잇길을 걸어가며 보니 빗물 속에 둥글고 까만 것이 떠내려 온다. '이게 뭐지?' 주위를 살펴보아도 알 수 없다. 빗물 속을 빙글빙글 돌면서 굴러 내려오는 그것들의 실체를 알기 위해 물길을 거슬러 오른다.

무궁화, 원추리, 비비추, 자주목련, 그 다음에는 커다란 나무 몇 그루가 서 있다. 이른 봄에 일찍 연두색 이파리를 틔워 올리는 나무. 가지 끝에 자잘하고 하얀 꽃을 피워 하얀 뭉게구름을 연상케 하는 나무. 지금은 까만 열매가 주렁주렁 달린 이 나무의 이름은 귀룽나무다. 빗물에 떠내려 오던 까맣고 둥근 그것은 귀룽나무 열매였다.

식물은 씨앗을 멀리 떠나보내기 위해 온갖 노력을 한다. 어미 식물 주위에 어린 식물이 빽빽이 자라나면, 햇빛이 부족하고 한정된 영양분을 나눠 먹어야 해서 제대로 자랄 수 없기 때문이다. 만약 산불이나 홍수 등 자연재해가 일어난다면, 뿌리가 땅속에 박혀 있는 식물은 도망갈 수 없어서 몰살하게 된다. 이런 일이 일어났을 때 식물들이 서로 멀리 떨어져 있다면 어느 한 쪽은 살아남을 수 있다. 식물은 이 사실을 잘 알고 있는 듯하다.

단풍나무는 씨앗이 바람에 잘 날아갈 수 있는 얇은 막 날개를 만들었고, 도깨비바늘은 갈고리를 만들어 사람의 옷이나 동물의 털에 잘 달라붙게 하여 멀리 퍼질 수 있도록 하였다. 귀룽나무도 씨앗을 가능한 한 멀리 떠나보내려고 열매를 둥글게 만들었다. 둥근 열매는 비탈길에서는 굴러 내리기 쉽고 비가 내리면 빗물에 떠내려가기에 좋다.

오래 전, 지인들과 함께한 식사 자리에서 한 사람이 내게 "둥글둥글 사세요."라고 말했다. 그 말의 뜻은 술과 육식을 하지 않는 내게 '고기를 먹고 술을 마시라'는 것이었다. 그 사람은 모임에서 다른 사람들과 같은 음식을 먹는 것이 둥글둥글 사는 것이라 여기는 것 같았다. 그때의 불쾌했던 감정이 다시 일어나지만, 그 사람이 누군지 기억나지 않는다. 내가 무슨 말로 대꾸를 했는지도 기억에 없다.

타인에게 "둥글둥글 사세요."라고 말하는 것은 다름을 틀림이라 착각하고 하는 말이다. 서로의 다름을 인정하지 않고 "너는 틀렸고 나는 옳다."라는 말을 그럴듯하게 포장한 말이다. 다른 사람이 추구하는 가치와 존재를 대놓고 무시하는 말이다. 말로써 휘두르는 폭력이다. 더군다나 정말 둥글둥글하게 사는 사람이라면 다른 사람에게 그런 말을 하지 않을 것이다. 내게 그 말을 한 사람은 자신이 둥글둥글 살고 있다고 착각하고 있다. 그 말로 인해 도리어 자신에게 난 '모矛'를 보여주었다는 것을 상상하지 못할 것이다.

"둥글둥글 살려고 노력해요."라고 말할 순 있지만, "둥글둥글 살아요."라고 말하는 것에는 어폐가 있다. 사람마다 둥글둥글 사는 것이 어떻게 사는 삶인지에 대한 기준이 다르기 때문이다. 다른 사람과 같은 것을 먹고 마시는 것이 곧 둥글둥글하게 사는 것을 의미하는 건 아니다. 그 사람의 말은 내 삶의 방식을 버리고 술을 마셔주고 고기를 먹어주는 것일 테고, 어떨 땐 해서는 안 될 일을 하라는 것일 수도 있다.

귀룽나무의 둥근 열매는 어미 나무로부터 떨어져 멀리 갈 수는 있겠지만, 자신이 원하는 곳에서 멈춰 뿌리를 내리고 살 가능성은 거의 없다.

둥글둥글하게 산다는 말은 꽤 멋있어 보이는 말이다. 하지만 타인에게 너무 맞추다가 자신을 잃어버릴 수 있다. 가벼운 일상의 예시이지만, 다른 사람들이 모두 짜장면을 시킬 때 짬뽕이 먹고 싶으면 나는 짬뽕을 시킬 것이다. 다수의 의견에 휩쓸려 원하지 않는 짜장면을 먹으며 살고 싶지 않다. 이게 '모'라고 한다면 나는 '모'가 있는 사람이다. 나의 이런 '모'로 인해서 예상치 못한 시각이나 장소에서 멈추게 된다 하더라도 내가 원하는 삶을 살아가려면 '이 정도의 모'는 있어야 하지 않을까.

나는 앞으로도 그 사람이 말한 둥글둥글한 삶을 살지 않을 것이다. 내게 "둥글둥글 사세요."라고 말한 그 사람에게 "당신이나 둥글둥글 잘 사세요."라고 말해 주고 싶은 걸 애써 참는다. 침을 꿀꺽 삼키고 말을 바꾼다.

"당신은 참 둥글둥글하게도 사시네요."

18 ◦ 19

보이지 않는 유리창에
부딪힌 건 뿔나비일까 나일까

뿔나비: 전국에 서식하는 네발나비과 나비다. 앞다리가 퇴화하여 다리가 네 개처럼 보인다. 아랫입술이 수염처럼 머리 앞쪽으로 길게 튀어나와 뿔나비라는 이름이 붙었다.

대구수목원 산림문화전시관 입구에서 바깥을 내다본다. 뿔나비 한 마리가 팔랑팔랑 날아온다. 입구 가까운 대리석 외벽에 날개를 살짝살짝 부딪치며 밖으로 날아가더니, 다시 날아와 대리석 외벽에 바짝 붙어 팔랑거리다가 부딪쳐 주르륵 미끄러져 내린다. 그렇게 한참 동안 꿈쩍 않던 뿔나비가 다시 몸을 일으켜 날아오른다. 비틀비틀 방향을 바꿔 유리 출입문을 향해 쏜살같이 날아온다. 나는 잽싸게 달려가 유리 출입문을 닫는다. 뿔나비가 유리문 틈새를 빠져 나와 전시관으로 날아들고, 나는 그런 뿔나비를 밖으로 내보려고 양팔을 흔들며 앞을 막아선다. 몹시 놀란 듯 뿔나비가 전시관 천장을 향해 휙 날아오른다. 전시관 내벽에 부딪혀 나둥그러진다. 나는 뿔나비를 향해 냅다 뛴다. 뿔나비가 후다닥 천장으로 날아올라 전시실 안 쪽을 향해 너울너울 날아간다. 내가 출입문을 닫거나 팔을 흔들며 앞을 막아서는 것은 저를 살려주려는 것인데 이를 모르고 필사적으로 달아나다가 전시관 내벽에 몸 부딪히고 떨어지기를 반복한다. 그러기를 반복하다 날개를 비틀거리며 내가 손쓸 수 없을 만큼 높이 날아간다.

뿔나비가 아픈 날개를 펄럭이며 아무리 날아다녀도 전시관 내부에는 풀 한 포기 없다. 잘못 들어온 것을 스스로 알아차릴 즈음, 뿔나비의 눈에 흔들리는 푸르른 잎사귀들이 보인다. 푸른 잎사귀를 향해 돌진한다. 쿵! 유리창에 날개 부딪치고는 떨어져 내린다. 유리창을 인식하지 못하고 또 다시 날아올라 돌진한다. 유리창에 몸 부딪고 흘러내리다가 높은 창문턱에 걸린다. 잠시 몸을 추스르고 다시 훨훨 날아오른다. 그 모습을 가만히 지켜보던 나는 뿔나비를 바깥으로 내보내려는 일을 그만둔다.

이전에 산림문화전시관 바닥에서 종종 죽은 나비를 발견한 적이 있었다. 그때마다 죽은 나비가 왜 여기 있는지 이유를 알 수 없었다. 뿔나비가 산림문화전시관 유리 출입문으로 날아드는 순간, 그 이유를 알게 되었다. 이것이 내가 뛰어가 출입문을 닫고 양팔을 흔든 이유다. 뿔나비는 내가 출입문을 닫고 양팔을 흔드는 이유를 알 수 없기 때문에 혼비백산하여 달아났다.

한 달쯤 지났을까. 여느 때처럼 수목원에서 식물을 관찰하고 있는데, 풀숲 사이에서 나비 한 마리가 날아올랐다. 나를 보고 놀란 것 같았다. 나비뿐만 아니라 나도 깜짝 놀라 가슴이 덜 컹 내려앉았다. 바로 그 순간 산림문화전시관으로 날아들었던 뿔나비가 다시금 내 가슴 속에 날개를 펄럭 펼치고 날아올랐다.

나는 깨달았다. 뿔나비뿐만 아니라 내게도 보이지 않는 유리창이 존재했다는 걸. 나도 보이지 않는 유리창에 부딪히며 살아왔다는 걸. 때때로 내가 그 유리창에 부딪히기 전에 '조심'하란 신호가 있기도 했는데 당시에는 알아차리지 못했다. 물론 알면서도 무시할 때도 있었다. 앞으로도 그 신호가 있다고 한들, 뿔나비처럼 알아차리지 못할 때가 있을 것이고, 때론 신호를 알아차린다 해도 무시하기도 할 것이다. 나 또한 뿔나비와 별반 다를 바 없이 여기 부딪치고 또 저기 부딪히며 살아갈 것이다.

몬스테라처럼 구멍이 있어
얼마나 다행인가

몬스테라: 천남성과 상록덩굴식물이다. 잎이 지름 1m까지 자라고 길이는 2~5m, 길게는 20m까지 자란다. 잎이 갈라진 것과 구멍 뚫린 것이 있다. 꽃은 스파트필름 꽃과 비슷하다.

'아이들이 햇볕을 받고 자랄 수 있도록 한 뼘 비켜지어 주세요.' 이 문구는 어느 아파트에 걸린 대형 현수막 문구다. 아파트 건너편에 대기업이 초고층 건물을 지으려 할 때 아파트 입주민들이 일조권을 지키기 위해 내건 것이다. 이 문구를 볼 때 열대우림에서 자라는 **몬스테라**가 머릿속에 떠올랐다. **몬스테라**는 햇빛을 받기 위해 커다란 나무 꼭대기까지 기어 올라가며 자라고, 조금이라도 더 많은 양을 골고루 받기 위해 잎에 구멍을 내기도 하기 때문이다.

식물은 햇빛을 갈구한다. 햇빛을 받아야 광합성을 하여 먹고 살 수 있기 때문이다. 식물이 햇빛을 받지 못한다는 것은 곧 죽음을 의미한다. 식물은 흙 속에 뿌리를 박고 사는지라 햇빛을 스스로 찾아갈 수 없다. 그래서 햇빛을 많이 받기 위해 가능한

한 가지를 옆으로 길게 뻗으려 하고 하늘로 높이 자라려고 한다.

몬스테라도 가능한 햇빛을 많이 받으려고 한다. 그런데 가지를 옆으로 뻗으면 구부러져 내리고 위로 뻗으면 흘러내린다. 이는 덩굴성식물이기 때문이다. 다행히 큰 나무를 타고 위로 기어올라가며 자란다고 하더라도, 잎에 구멍이 없다면 위쪽 잎이 아래쪽 잎을 가리게 된다. 햇빛을 받은 위쪽의 잎 몇 개가 만든 양분이 많을 수 있겠지만, 그렇다 한들 커다란 나무 꼭대기까지 감고 올라온 줄기에 달린 수많은 이파리들을 다 먹여 살리기엔 역부족이다. 사실 잎에 구멍이 없었다면 나무 꼭대기까지 줄기를 뻗어 올라가지도 못할 것이다. 결국 몬스테라는 살아남기 위해 잎에 구멍을 뚫었다. 식물인들 제 몸에 구멍을 내는 일이 어디 쉽겠는가. 식물이 잎에 구멍을 내면 햇빛 받을 면적이 줄어든다. 하지만 윗잎은 애써 만든 양분을 나눠주지 않아도 되고 자신이 만든 양분을 온전히 자신을 위해 사용할 수 있다. 식물 자체가 튼튼해져서 살아남을 확률이 높아진다. 하지만 몬스테라가 잎에 구멍을 낸 것이 자신에게 손해가 아니다. 식물도 눈앞의 이득만이 아니라 조금 멀리 내다보고 자신과 다른 잎들과 식물 전체의 이득을 위해 행동한다.

나는 어떤가? 나는 마음에 스스로 구멍을 낸 적이 없을 뿐만 아니라, 그 누구에게도 구멍을 뚫어 달라고 부탁한 적도 없다. 그런데 마음에 크고 작은 구멍들이 숭숭 뚫려있다. 어떤 사람이 내가 원하지 않은 행동을 할 때, 그 사람의 행동이 마음을 훅 치고 들어온다. 이때 마음이 찢어지기도 하고 때론 멍이 들기도 하며 작고 큰 구멍들이 생기기도 한다. 또 내가 원하는 것을 하지 못하거나 얻지 못할 때도 가슴에 구멍이 생겨버린다.

몬스테라의 잎의 구멍 크기와 모양이 제각각인 이유는 햇빛의 세기와 구름이 어디에서 와서 어느 쪽으로 흘러갔는지, 공중에 있는 습기와 땅속에 있는 물기가 많은지 적은지에 따라, 바람이 불어온 각도와 다른 나뭇잎과의 간격뿐만 아니라 몬스테라 식물 전체의 상태에 따라 각각 다른 크기와 모양의 구멍이 생기기 때문이다.

내 마음의 구멍들도 이와 같다. 어떤 일이 발생하면 그 순간 내 몸의 상태와 내가 누구와 같이 있는지에 따라, 가슴 구멍의 모양과 크기와 깊이가 달라진다. 또 그 일이 있기 전에 내게 무슨 일이 있었는지, 그 일을 내가 어떻게 생각하는지에 따라 구멍의 색깔과 모양이 달라진다.

몬스테라가 햇빛을 조금이라도 더 받으려면 바람을 잘 활용해야 한다. 바람을 따라 유연하게 잎을 움직이지 않는다면, 몬스테라의 가장 위쪽 잎 구멍을 통해 내려간 햇빛이 아래 잎의 일부분에만 닿을 것이다. 그러면 햇빛이 닿지 않는 부분에서는 광합성을 할 수가 없다. 숲속에는 바람이 불 뿐만 아니라 바람의 방향과 속도가 일정하지 않은 것이 몬스테라에겐 참으로 다행인 일이다. 몬스테라 잎들은 시시각각 방향과 세기가 변하는 바람에 장단을 맞추어 이리저리 흔들린다. 햇빛은 흔들리는 몬스테라 잎 구멍 사이를 요리조리 통과해 맨 아래 잎까지 도달한다. 잎에 구멍을 뚫어 놓고 가만히 기다리는 게 아니라 바람을 타고 쉬지 않고 움직인다.

지난날의 나는 마음에 구멍이 생기는 이유를 다른 사람에게서 찾고 그 사람을 원망했다. 몬스테라가 잎에 난 구멍을 활용하여 영양분을 만들었듯이, 지금부턴 나도 가슴 구멍을 활용해서 내 삶을 바꿔나가야겠다.

내 마음에 구멍이 생기는 이유를 내게서 찾아보기로 한다. 나를 짜증나게 하는 일이 일어났다 치자. 그 순간 몸의 상태가 좋거나 조금 전에 기분이 좋은 일이 있었다면, 별것 아니라 여기고 그냥 지나칠 수 있다. 하지만 조금 전에 짜증나게 하는 일이 있었고 이를 참고 있는데, 또 비슷한 일이 생긴다면 참기 어려울 것이다. 이때 몸의 상태마저 좋지 않다면 더욱 참지 못할 것이다. 이렇게 보면 마음에 구멍이 나는 건 누군가가 나를 불편하게 하는 그 일뿐만이 아니라 나의 상태와 더 관련이 있다.

나는 다른 사람을 탓할 수 없다. 내가 처한 상황에 따라 마음에 구멍이 생기니까. 내가 내 마음에 구멍을 뚫은 적이 없다고 생각한 것은 이런 사실을 제대로 알지 못해서 한 말이다. 내 마음 구멍은 결국 모두 내가 만든 것이다. 내 마음이 햇빛을 쬐고 싶어서 가슴에 구멍을 낸 것이고 마음 구석구석까지 닿도록 하려고 가슴이 흔들리는 것인데, 남 탓을 하면서 구멍을 메꾸려고만 했다. 이젠 마음 구멍을 메우기 위해 애쓰지 않는 대신 활짝 열고 햇살이 구멍으로 스며들기를 기다린다. 부드러운 바람이 솔솔 불어오기를 기다린다. 이젠 안다. 가슴 구멍으로 햇빛이 스며들고 바람이 불어오기 시작하면 햇빛과 바람이 숭숭 드나들도록 나는 가슴 구멍을 활짝 열어야 한다는 것을.

내 별명은
은방울꽃이 아닌 할수

은방울꽃: 백합과 식물이다. 5~6월에 흰색 꽃이 핀다. 꽃 길이는 6~8mm이고 종 모양의 통꽃이다. 꽃잎 끝은 6개로 갈라져 있다. 우리나라 제주도를 제외한 전역에 나며, 중국, 일본, 몽골, 미얀마, 러시아, 유럽과 북미 등에 분포한다. 관상용으로 심으며, 전초는 약용한다. 부케로 사용하기도 한다.

내가 별명을 짓기 시작한 건 대구수목원에서 자연지도자 교육을 받고 난 후였다. 이는 약 20년 전으로, 동료 중 한 사람이 숲에서 활동할 때 실명보다는 숲과 관련이 있는 별명을 사용하는 게 낫다고 했다. 이 말을 들은 동료들은 느티나무, 싸리나무, 버드나무, 무당벌레 같은 식물 혹은 곤충 이름으로 별명을 짓기 시작했다. 반면 나는 별명이 나를 나타내야 한다는 생각 때문인지, 마땅한 것을 찾아낼 수 없었다. 결국 나는 그해 별명을 짓지 못했다.

어느 날 도서관에서 식물에 관한 책을 빌려 읽었다. 은방울꽃은 6~8mm이고 종 모양의 하얀꽃이 아래를 향해 핀다. 책 속의 설명에 의하면, 만약 꽃잎이 아래로 향한 컵 모양이면 벌이 꿀을 먹을 때 잡을 곳이 없어서 미끄러져 내리게 된다. 그래서 은방울꽃은 꽃잎 끝을 살짝 구부려 올려진 모양이라고 저자는 덧붙여 설명했다. 살짝 위쪽으로 구부러진 꽃잎을 잡고 거꾸로 매달려 꿀을 빨아 먹는 벌의 삽화를 바라보며 나는 감탄했다. 작은 은방울꽃이 살아가는 데 필요한 방편을 스스로 마련해낸 것이 놀라웠다. 이렇게 작은 은방울꽃이 해냈다면 나도 할 수 있을 것 같았다. 그래서 나는 별명을 은방울꽃으로 지었다.

은방울꽃이 피어있는 동안 숲 체험에 참여한 사람들에게 은방울꽃을 보여주었다. 꽃잎이 위쪽으로 살짝 구부러진 이유를 설명하며, 우리도 은방울꽃처럼 자신이 필요한 삶의 방편을 마련할 수 있다는 말을 해주었다. 봄마다 은방울꽃은 새로 피었고, 매년 봄 은방울꽃을 보며 이 이야기를 사람들에게 해주었다.

어느 날 문득, 살아온 날보다 살아갈 날이 적다는 생각이 들었다. 지난 삶을 돌아보니 허무했다. 이대로 사는 건 사는 것이 아니라는 생각을 했고, 지금까지와는 다르게 나로 살기로 했다. 이름을 바꾸고 새롭게 살아갈까도 생각해보았다. 섣불리 개명했다가 나중에 마음에 들지 않으면 곤란할 것 같아 별명을 새로 만들기로 했다. 국어사전과 인터넷에서 나를 표현할 수 있는 별명을 찾아보았지만, 딱히 내 마음에 드는 것이 없었다. 그러다가 몇 달 만에 밸콩이란 별명을 지었다. 밸콩은 '별나다'의 경상도 사투리 '밸라다'의 밸과 콩을 조합한 것이다. 여러 사람과 식사를 할 때 종종 "짜장면으로 통일하자." "그래, 주방에서 일하기 쉽게." 이렇게 말하는 사람이 있다. 이때 "난 짬뽕."이라고 말하다간 "니 참 밸나다. 마~ 짜장면 무라." 하는 소리를 듣기 십상이다. 먹고 싶은 짬뽕을 먹겠다는 것으로 밸난 사람으로 낙인이 찍히고 만다. 다른 사람들의 눈에 좀 '밸라' 보이면 어떤가? 별명을 밸콩으로 바꾸고 나로 살아가려고 애썼다. 별명 하나 바꾼다고 삶이 달라지겠는가. 수십 년 동안 몸과 마음에 밴 습성, 미적거리는 습관에서 헤어나오지 못했다. 별명을 바꾸고 난 뒤에도 여전히 어영부영 살았다. 이렇게 산다면 살 필요가 없다는 부정적인 생각까지 자꾸 들었다.

하지만 나는 조금 더 살고 싶었다. 무언가 큰 업적을 이루고 싶어서가 아니다. 한 번뿐인 삶, 하고 싶은 일을 하면서 살아봐야지 하는 생각 때문이다. 다시 별명을 바꾸려고 단어들을 찾아보았지만, 나를 일으켜 세워주고 나를 나로 살게 해줄 만한 단어를 찾아낼 수 없었다. 내 별명을 이미 있는 단어 중에서 찾는다는 것은 불가능했다. 그래서 새로운 단어를 만들기로 했다. 이때 나는 내가 원하는 것을 할 수 있도록 격려해주는 별명을 짓고 싶었다. 나는 두 개의 단어를 조합해 보기도 하고 좋은 문장을 찾아보기도 했다. 그러던 중 '할 수 있다.'라는 문장에서 '할 수'가 마음에 딱 와닿았다. 내가 별명을 짓기 시작한 지 무려 18년 만에 지금의 내게 딱 맞는 별명을 짓게 되었다.

우리가 시끄러운 장소에서도 자기 이름을 부르는 소리를 놓치지 않듯이, 나는 '할수'라는 말을 기가 막히게 잘 포착한다. 말하는 사람의 의도와는 상관없이, 할수란 말은 내 귀에 "넌 할 수 있어."란 격려의 말로 들린다. 은방울꽃이 벌을 부르기 위해 꽃잎을 구부렸듯, 나는 내게 필요한 격려를 받을 수 있는 방편으로 '할수'라는 별명이 지은 것이다. 물론 나를 격려해주는 말에서 따왔디고 헤도 이를 별명으로 시용히기에 좋기만 한 것은 아니다. '할수'란 말을 듣자마자 눈치 빠른 사람은 알아차릴 것이다. 내가 무엇인가를 할 수 없는 사람이라는 걸. 아무렴 어떤가. 이 순간에도 많은 사람이 내 별명을 서로 주고받으며 이야기를 나눌 텐데.

사람들이 자신도 모르는 사이에 불러주는 내 별명, '할수'가 나는 좋다.

병꽃나무처럼
천천히 피워도 돼

병꽃나무: 인동과 식물이다. 산기슭 양지에서 높이 2~3m 정도로 자라는 낙엽 활엽 떨기나무이다. 줄기 밑부분에서 가지가 많이 갈라진다. 어린가지는 잔털이 있고 연한 갈색이 돈다. 잎은 마주나며, 잎자루는 거의 없다. 꽃은 처음에는 황록색이 돌지만 차츰 적색으로 변한다. 꽃의 모양이 병과 닮아 병꽃나무라고 한다.

병꽃나무에 꽃이 피었다. 대구수목원 화목원의 다른 **병꽃나무**엔 열매가 여물고 있는데, 봄꽃이 여름 끝자락에 피었음에도 병꽃은 참으로 당당하게 붉다. 빨간 모자를 푹 눌러쓴 중년 여성이 "요즘 식물은 계절도 모른다."라며 뒤늦게 핀 병꽃을 타박하며 지나간다. "변변한 꽃 한 송이 못 피운 나보다 훨씬 낫네."라고 나는 중얼거린다.

병꽃나무도 그럴 만한 사정이 있겠지. 꽃피우고 싶지 않아서 안 피운 게 아니잖겠나. 허약하게 태어나 잔병치레 많은 아기 혹은 유달리 말을 늦게 배우는 아이 같은, 이 **병꽃나무**는 체관의 어느 곳이 막혔거나 물관이 유달리 가늘거나 혹은 줄기 어딘가에 문제가 있을 수도 있다. 땅속에 돌이 많아 뿌리가 물을 빨아들이기 어려울 수도 있을 것인데 이제라도 폈으니 얼마나 다행인가.

나는 어디든 조금 늦게 도착할 것 같으면 마음이 불안하고 초조해서 안절부절 서성이는데, 이 병꽃은 몇 달이나 늦게 얼굴을 내밀고도 조급한 표정이 보이질 않는다. 병꽃의 이 여유로움은 어디서 오는 것인가.

봄날의 이웃 병꽃나무가 하나둘씩 꽃을 피워 올릴 때 병꽃나무는 눈을 뜨지 못하는 꽃눈을 바라보며 애를 태웠을 것이다. 이대로 꽃눈이 시들어 떨어져 버리지는 않을까, 새에게 쪼아 먹히지는 않을까, 혹은 강한 비바람에 찢기지는 않을까, 걱정을 삭이면서 뿌리로 쉴 새 없이 물과 양분을 빨아올렸을것이다. 이웃 병꽃에게 벌들이 날아들고 암술의 배가 불러올 때, 그리고 활짝 피었던 병꽃이 시들고 초록 열매가 자라날 때, 눈을 뜨지 못하는 자신의 꽃눈을 보면서 병꽃나무가 한숨을 길게 내쉬었을 것을 우리 사람이 어떻게 알겠는가. 또한, 병꽃나무는 뿌리를 더 멀리 뻗어 나가려고 애를 썼을 것이다. 뿌리 맨 끝에 있는 뿌리골무가 생장점이 돌에 부딪거나 해서 다치지 않도록 보호하는 한편, 원뿌리는 돌멩이를 피해 곧고 굵게 자라 나무를 지탱했을 것이다. 원뿌리에서 갈아져 나온 곁뿌리 역시 돌덩이를 피해 옆으로 길게 자랐을 것이다. 이 곁뿌리에서 자라 나오는 뿌리털도 돌과 흙 사이의 물과 양분을 흡수하여 땅 위에 있는 줄기와 잎으로 보냈을 것이다. 잎은 부지런히 광합성을 하여 꽃눈으로 보냈을 것이다.

병꽃나무 뿌리는 물 속의 백조 다리와 비슷하다. 다리를 쉴 새없이 움직여 물 위에 우아하게 떠있는 백조처럼 **병꽃나무**의 뿌리가 열심히 땅속을 헤집고 다니니까 땅 위의 병꽃이 당당하고도 여유로울 수 있는 것이다. 뿌리가 제 역할을 하지 못하면 병꽃의 당당함이나 여유로움은 금세 사라질 것이다. **병꽃나무**의 뿌리는 내년에도 병꽃을 피우기까지 땅 속의 바위나 돌을 피해 요리조리 옮겨가면서 부지런히 물과 양분을 찾아낼 것이다.

나는 그런 **병꽃나무**의 뿌리가 부러워졌다. 내게도 **병꽃나무**와 같은 뿌리가 있으면 좋겠다. 물론 내게도 뿌리가 있긴 하다. **병꽃나무** 뿌리와 달리 장애물 앞에서 멈춰버렸던 연약한 실뿌리. 나를 당당하게 혹은 여유롭게 만들어 주지는 못하던 그 실뿌리가 다시 꿈틀거리기 시작했다. 한 송이 꽃을 피워내고 말겠다는 각오로 꿈틀거리는 나의 실뿌리에게 말한다. "천천히 피워도 괜찮아. 못 피우면 어때. 네가 살아있어 꿈틀대는 게 좋아."

개미는 어떻게 나비를 끌고갈 수 있었을까

개미: 개미과에 속하는 곤충을 통틀어 부르는 이름이다. 가장 성공적인 집단생활을 하는 동물이다. 과학자들은 개미의 수를 1~2경 마리나 될 것이라고 추산한다. 개미는 곤충 중에서 몸 크기에 비교해 힘이 매우 좋다. 잡식성으로 가리는 것이 별로 없다.

개미가 나비를 물고 기어간다. 제 몸보다 스무 배나 더 커 보이는 나비를 끌고 간다. 바람이 불고 죽은 나비가 펄럭 날아오른다. 나비 날개를 따라 개미의 몸이 허공으로 떠올랐다가 땅바닥으로 곤두박질친다. 아무 일 없었다는 듯 개미는 나비를 꽉 물고 있다. 잠시 꼼짝 않고 있던 개미가 다시 묵묵히 나비를 끌고 간다. 바람이 분다. 흔들리는 나비 날개를 물고 개미도 이리 흔들 저리 흔들거린다. 바람이 불다가 잠잠해지고 잠잠해졌다가 다시 바람이 분다. 바람이 불 때마다 이리저리 곤두박질치는 나비를 따라 개미의 몸이 허공으로 솟구쳤다가 땅으로 내리박히기를 반복한다. 나비 날개가 풀잎에 부딪혀 흔들린다. 나비 날개와 함께 개미의 몸이 시소처럼 하늘로 솟구쳤다가 땅에 내리꽂힌다. 개미가 묘기를 부린 것일까? 나의 예상을 뒤엎고 여전히 커다란 나비 날개를 물고 있는 개미. 두 그루의 나무가 가까이 붙어살다가 서로 부대

끼고 부딪치다가 한 몸이 된 연리목 같은, 개미와 나비의 몸.

이 개미를 나비의 비를 따와 비개미라고 부르기로 한다. 제 몸에 비교해 엄청 큰 나비를 물고 가는 비개미를 관찰한 것은 여기까지다. 이렇게 큰 나비를 끌고 가야만 하는 비개미의 절박한 사정을 이해하지 못하지만, 나비를 끌고 가고 말겠다는 비개미의 의지가 얼마나 강한지는 짐작하겠다. 비개미가 존경스럽다기보다 경외롭다는 게 내 마음에 더 가까운 표현인 것 같다.

비개미처럼 내게도 불어오는 강한 바람에 나비를 놓쳐 버리는 일 따윈 일어나지 않는다. 이런 일이 내게 일어날 수 없는 것은 비개미와 같은 강단과 끈질김이 없어서가 아니다. 내 몸과 비교해 스무 배가 넘는 것을 끌고 갈 엄두를 낸 적이 없다. 커다란 나비 같은 것을 옮길 생각조차 한 적이 없는데 어떻게 놓칠 일이 일어나겠는가. 비개미는 자신의 몸 크기보다 스무 배나 더 큰 나비를 끌고 가겠다는 생각을 어떻게 했을까? 자신의 몸보다 스무 배나 더 큰 나비를 끌고 가는 개미의 힘은 어디서 나오는 것일까.

내가 대구수목원에서 비개미를 만난 지 여러 해가 지났다. 어떻게 하면 내 몸 크기보다 스무 배나 넘는 무엇을 끌고 가겠다는 생각을 할 수 있을지 그리고 그 힘이 내게 있는지 모른다.

비개미가 어떻게 자신의 몸 크기보다 엄청나게 큰 나비를 끌 수 있게 되었는지 곰곰이 생각해본다. 비개미는 자신의 몸보다 스무 배나 더 큰 나비를 발견했을 때 무작정 달려들었을 것이다. 자신보다 훨씬 더 커다란 나비를 앞에 두고 스스로를 저울질했다면 나비를 입에 물지도 못했을 것이다.

비개미처럼 살고 싶어 두 가지 계획을 세운다. 하나는 내가 비개미의 큰 나비 같은 것을 발견하는 즉시 물어버리는 것이다. 그것을 물어버린 후의 계획은 다른 방법을 찾아내는 것이 불가능할 만큼 완벽하다. 그것을 덥석 물고 난 후엔 무작정 끌고 가는 것이다. 이 계획은 영화 〈기생충〉 속 배우 송강호가 한 말처럼 "무계획 계획"이다. 여기에는 한 가지 변수가 있는데, 이는 무슨 일이든 시도하기 전에 내가 할 수 있을지 없을지 저울질하는 나의 습성이다. 내가 그것을 끌고 갈 그것을 발견하는 순간 누군가가 "와~!" 소리쳐 응원해 준다면 그 소리에 저울질하는 나의 습관이 놀라 주저앉을 것이다. 이때를 틈타 꽉 물어버리면 되는데, 내가 그것을 발견하는 순간을 알아채는 사람은 나 외엔 없다. 그러니 매우 소소한 일이라도 시작할 때마다 나 스스로 "와~!" 소리쳐 주기로 한다. 나는 그렇게 소리치며 잠시 후 들고 나갈 가방에 열쇠를 챙겨 넣는다. 이 일이 내 삶의 열쇠가 되길 바라며.

오색나비의 삶에
함부로 끼어든 나

오색나비: 네발나비과의 나비로 수컷의 날개는 햇빛을 받으면 보랏빛으로 빛난다. 꽃에 날아들지 않고 상수리나무, 버드나무 등 나무즙에 모여든다. 바위에도 자주 내려앉는다. 검은색이 많은 흑색형과 갈색이 많은 황색형이 있다.

지하철역 부근 횡단보도를 건너는데 오색나비가 횡단보도 흰 줄 위에 납작 엎드려있었다. 오색나비는 수컷의 날개 앞면이 햇빛을 받으면 보라색으로 빛나는 반면, 암컷의 날개 앞면은 보랏빛 광택이 나지 않는다. 오색나비는 강둑이나 계곡의 버드나무 숲이나 버드나무 군락지에서 많이 볼 수 있다. 또 버드나무가 있는 도심에서도 볼 수 있다. 애벌레가 버드나무, 수양버드나무, 호랑버들을 먹기 때문이다. 이 부근에서 버드나무를 본 적이 있었나? 얼른 생각이 나지 않는다. 신호가 바뀌고 차가 달려오면 오색나비가 치일 것 같다. 재빨리 오색나비를 집어든다. 오색나비가 날개를 펄럭거리다가, 내 손가락 사이로 빠져나가 훨훨 날아간다. 서두르다가 오색나비를 제대로 집어 들지 못했다. 내가 다가가 날개를 잡아도 죽은 듯 꿈쩍 않던 오색나비가 찢어진 날개로 어떻게 살아갈지 걱정이 된다. 오색나비 날개를 제대로 잡지 못한 것을 후회하면서 걸어간다. 오색나비가 자동차가 달려오는 진동을 느끼거나 사람의 발자국 소리에 놀라 날아올랐을 수도 있을 텐데 섣불리 내가 오색나비를 잡아들었다. 오색나비를 도와주려고 한 일이었는데, 결과적으로 더 힘들게 살게 되었다. 이는 내가 오색나비의 삶에 함부로 끼어들어 만든 결과다.

오색나비의 삶에 끼어들 듯 다른 사람의 삶에 끼어든 적이 있다. 어느 날 숲 체험 수업을 끝내고 돌아올 때였다. 함께 활동하는 숲 해설가분께서 자신의 자동차로 나를 태워주기로 했다. 그때 나는 "○○역에 내려주시고 곧장 댁으로 가시면 됩니다." 라고 말했는데, 이는 조금 전 그분이 나를 내려주고 곧바로 집으로 간다고 하기도 했고 그분 집은 ○○역에서 △△역까지 똑바로 쭉 가면 되었기 때문이다. 그분께서 웃으며 농담처럼 "돌아가든 곧바로 가든 그건 내가 알아서 할 건데 왜 간섭하냐."라고 했다. 듣고 보니 그랬다. 그건 그분이 알아서 할 일이다. 곧장 집으로 간다고 말은 했지만 그 사이 다른 계획을 세웠는지 그분만 아는 일이다.

우리 앞엔 많은 선들이 있다. 도로에만 나가도 중앙선이 있고 횡단보도선이 있다. 중앙선은 실선과 점선이 있고 유턴할 수 있는 선이 따로 있다. 중앙선은 단지 선에 불과하더라도 우리가 넘어서는 안 되는 선이다.

우리의 내면에도 여러 종류의 선이 있다. 자신이 의식해서 그은 선이 있지만 대부분은 살다 보니 자신도 모르는 사이 이리저리 그어진 선들이다. 이런 선들 중에는 타인이 넘어올 수 없는 중앙선 같은 선이 있고, 횡단보도처럼 때에 따라 다른 사람이 넘어오도록 허용해 주는 선이 있다. 문제는 이 선들은 교통법규의 선처럼 질서 정연하지 않은 것이다.

우리에겐 다른 사람이 우리 마음을 건드릴 때, 바로 그 순간에 포착해내는 매우 민감한 센서가 있다. 우리는 매우 민감한 센서를 감정이라고 부른다. 거미가 바람에 거미줄에 흔들릴 때마다 쪼르르 달려나가지 않듯, 우리는 다른 사람이 마음의 경계선을 조금 넘어와도 웬만해선 기분 나쁜 티를 내지 않고 넘어가 준다. 그래봤자 자신만 더 피곤해지니까. 나를 ○○역에 내려준 그분에게 내가 한 말은 그분이 웃음 섞인 농담으로 툭, 쳐낼 수 있는 말이었다.

하지만 때때로 살면서 그냥 흘려들을 수도 있는 어떤 말에도 발끈할 때가 있다. 별말 아닌데 말이다. 내가 평소에는 좀처럼 이렇게 행동하지 않는데, '지금 내가 왜 이렇게 행동 한 거지?'라는 생각이 들 때가 있다. 이럴 땐 우리가 들은 그 말이 우리의 아픈 곳을 건드렸기 때문이다. 우리를 발끈 화나게 하는 말을 그냥 흘려보내지 말아야 한다. 우리가 어떤 말을 듣고 화를 내는 이유는 그 말 자체에 있지 않다. 우리에겐 그 말과 관련된 불쾌한 경험이 있다. 그 말이 마음의 중앙선을 넘어와 무의식에서 잠자고 있던 우리의 불쾌한 기억을 건드리기 때문이다. 그래서 나도 모르게 평소와는 다르게 행동하게 되는 것이다. 사람은 겪어봐야 안다는 말이 있듯이, 내 마음도 내가 직접 겪어보지 않고서는 모른다.

우리는 소를 잃고 난 뒤에라도 외양간을 고쳐야 한다. 또 소를 잃을 순 없으니까. 그 사람의 말이 선을 넘어와 우리가 발끈한 것이 아니다. 그곳은 우리가 아끼던 소가 있던 자리였고, 우리의 가장 취약한 지점이기 때문에 우리가 발끈 화를 낸 것이다. 우리가 다시 소를 잃지 않으려면 외양간의 무너진 곳이나 허술한 곳을 고쳐야 하는데, 지금까지 모르던 취약한 지점을 알게 되었으니 우리가 외양간을 튼튼하게 보수한다면 앞으로는 소를 지킬 수 있다. 얼마나 고마운 일인가.

우리는 다른 사람이 그어놓은 선을 넘어가지 않아야 한다. 또 다른 사람이 우리가 그은 선을 건들이거나 넘어오는 것을 허용하지 않아야 한다. 그렇지 않으면 우리 삶에 자동차 사고 같은 일이 일어나 다칠 수도 있고 그 자리에서 오도 가도 못할 수 있다.

오색나비의 삶에 문제가 있었던 것은 아니다. 오색나비에게도 저만의 삶이 있고 우리에게도 각자의 삶이 있을 뿐이다. 우리가 문제라고 여겨서 문제로 보이는 거지, 어쩌면 모든 삶은 그 자체로 완벽한 것인지도 모른다.

내 손에 날개가 찢긴 오색나비는 어디로 날아갔을까? 오래전 일이라 오색나비가 암컷이었는지 수컷이었는지 기억이 나지 않는다. 날개가 찢기고도 하늘로 날아오르던 오색나비는 서둘러 멀리 날아갔다. 뭔가 급히 해야할 일이 있는 것처럼. 오색나비 암컷이 알을 낳기 위해 버드나무를 찾아 가다가 몸이 무거워 횡단보도에서 쉰 것일 수 있겠다.

"오색나비야, 만약 그날 네가 알을 낳으러 가던 길이었다면, 꼭 버드나무를 찾아내길 바라."

시멘트 틈새의 개망초에게
미안한 마음이지만

개망초: 국화목 국화과에 속하는 관속식물이다. 전체에 굵은 털이 있다. 줄기는 높이 30~100cm이다. 잎자루는 길며 난형이고 가장자리에 톱니가 있다. 꽃은 6~7월에 피는데 주로 흰색이지만 때로 자줏빛이 도는 혀모양꽃이 있다. 들판이나 길가에 자라는 두해살이풀이다. 어린잎은 식용, 약용한다. 북아메리카 원산의 귀화종으로 우리나라 전역에 분포한다.

한 달 만에 남편의 고향 집에 왔다. 얼마 전까지 시어머님이 혼자 기거하시던 곳이다. 뒤뜰은 완전 풀밭이다. 문을 열고 들어가자마자 수도꼭지를 틀고 주전자에 물을 가득 받는다. 가스레인지에 주전자를 올려놓고 물을 끓인다. 가위를 들고 마당으로 나간다. 내 키만큼 자란 당근꽃들이 하얗게 흔들린다. 가위로 당근꽃과 쑥갓꽃과 금잔화를 자른다. 이제 피기 시작한 도라지꽃은 그냥 둔다. 주방으로 돌아와 빈 소주병과 유리컵을 꺼낸다. 방금 잘라온 꽃을 꽂는다. 걸레를 빨아 주방과 방을 닦는다. 남편의 고향 집에 올 때마다 내가 하는 일의 순서는 대부분 이렇다.

주전자에서 물 끓는 소리가 난다. 주전자 속에서 끓는 물로 차를 우려 마시는 여유를 누릴 겨를이 없다. 끓는 물은 개망초와의 씨름에 사용할 나만의 전략 아이템이다. 앞뜰과 뒤뜰은 텃밭을 제외하고 나머지는 시멘트로 덮여있다. 시부모님들께서 돌미

역이나 농작물을 말릴 때 편하게 사용하려고 만든 것인데, 오래되어 여기저기 갈라져 틈새가 많다. 시멘트 틈새를 비집고 개망초, 보리뱅이, 달래, 민들레, 괭이밥, 쇠비름이 철따라 돌아가며 올라온다. 시멘트 틈새로 올라온 풀은 뽑아내기가 쉽지 않다. 조금 자란 풀들은 잡아당기면 끊기고 말아서, 시멘트 틈새 속엔 아직 줄기와 뿌리가 남아있다. 이대로 두면 줄기가 굵게 자라면서 잎이 새로 돋아난다. 물론 뿌리도 튼실해져서 뽑아내기 점점 어려워진다. 고심 끝에 제초제를 사용하지 않고 시멘트 틈새 풀을 없앨 방법을 찾아낸다. 시멘트 틈새에 끓는 물을 붓는 것이다. 괭이밥은 시멘트 틈새에 끓는 물을 붓자마자 죽는다. 개망초와 달래는 여러 번 끓는 물을 부어야 한다. 이렇게 끓인 물을 부으면 우리 눈엔 보이지 않지만, 틈새에서 발아하고 있는 씨앗까지 제거된다.

어느 날 인간에 의해 시멘트로 뒤덮여버리는 마당, 즉 땅은 그간 개미와 지렁이와 온갖 벌레들이 오가며 숨구멍을 뚫어주어서 살아갈 만했다. 이제 땅은 하늘을 볼 수 없고 바람을 맞을 수도 없고 비가 오거나 계절이 바뀌어도 알 수 없다. 365일 매일을 캄캄한 어둠 속에서 지내야 한다.

우리가 태풍이 허물은 집을 고치듯, 자연도 숨조차 쉴 수 없어 죽어가는 땅을 바라보지만은 않는다. 시멘트로 덮인 땅을 흙으로 되돌려 놓으려는 자연, 시멘트 틈새에 씨앗들을 숨겨 놓는다. 햇볕 좋은 날, 나 몰래 자연은 슬금슬금 보수공사를 시작한다. 시멘트 틈새로 떨어지는 싸라기 햇볕을 받고 눈을 뜬 씨앗, 떡잎을 내고 가는 줄기와 이파리를 내밀며 시멘트 틈새로 고개를 내민다. 풀들은 줄기를 뻗으며 잎사귀를 내며 시멘트 바닥을 슬금슬금 기어간다. 남편과 내가 집을 비운 한 달의 시간동안 자연은 착실히 보수공사를 해왔다.

집이 풀밭이 되도록 그냥 둘 수 없다며 마음을 다잡다가, '나도 자연인데….' 하는 생각이 스쳐 지나간다. 생각의 꼬리를 붙잡다간 풀을 못 잡는다. 재빨리 주전자를 들고 와서 시멘트 틈새 개망초 위에 끓는 물을 붓는다. 개망초 이파리가 시멘트 바닥으로 스르르 내려앉는다. 맘이 아리다.

가스 불 위에 올려놓은 주전자에서 삐이, 삐이 소리가 난다. 얼른 달려가서 가스 불을 끄고는 주전자를 들고 마당으로 나온다. 나는 씨름을 그만둘 수 없다. 내가 씨름을 그만두면, 텐트 속으로 코를 집어넣은 낙타가 주인을 몰아내고 텐트를 차지하듯 풀들이 집을 차지할 테니까.

자연에게는 인간이 만든 그 무엇이든 흙으로 돌려놓는다는 원칙이 있다. 이 원칙 아래 자연은 시멘트 마당을 풀로 뒤덮을 계획을 세웠을 것이다. 시멘트 마당을 흙으로 돌려놓을 보수공사를 하기 위해, 인간 몰래 시멘트 틈새에 씨앗들을 숨겨 놓았다. 민들레 씨앗인지 땅빈대 씨앗인지 소나무 씨앗인지 나는 알 길이 없다.

자연은 내가 집을 비운 사이 씨앗들을 앞세워 시멘트 마당을 점령하려고 맹활약을 해왔다. 자연은 시멘트 마당이 풀밭이 되어도 만족하지 못할 것이다. 자연에겐 또 다른 갈망이 있기 때문이다. 그것은 흙. 모든 것을 흙으로 바꿔놓고 싶은 갈망으로, 자연은 시멘트 마당을 풀로 뒤덮은 것으로 만족하지 못한다. 풀로 뒤덮어 놓은 시멘트가 흙으로 변할 때까지 자연은 보수공사를 멈추지 않을 것이다.

시멘트 마당과 뒤뜰이 현 상태로 유지된다면 풀을 뽑지도 주전자에 물을 받아 끓이지 않을 것인데, 자연이 그만두지 않으니 나 또한 풀과의 씨름을 그만둘 수 없다. 내가 풀과의 씨름에 온 힘을 쏟아도 시멘트 마당이 지금과 같은 상태로 유지되진 않을 것이다. 바로 시간이란 복병 때문이다. 우리가 나이 드는 것처럼 시멘트 마당도 점점 노쇠해지면서 바스러져 흙이 되어버리기 때문이다. 이런 자연 앞에 어떤 장사가 있겠는가. 풀과 나의 씨름도 당연히 내가 질 수밖에 없다. 내가 시멘트 틈새에서 뽑아낸 풀이 거름이 되어도 자연은 여유만만하다. 자연이 시멘트 틈새에 숨겨 놓은 또 다른 씨앗이 많기 때문이고 풀을 뽑아내던 나도 머지않아 죽어 흙이 될 것이니까.

시멘트 마당과 내가 흙이 된 이후에까지 마음 쓸 필요가 없다. 풀과의 씨름에서 이기면 어떻고 지면 어떤가. 시멘트 마당 틈새에서 어린 개망초 위에 끓인 물을 붓는 나를 알아채는 일, 이 순간 내가 상관할 일은 오로지 이 뿐이다.

나도 한 그루의
사과나무와 같다

사과나무: 장미과 식물이다. 사과나무의 원생종은 유럽과 아시아 및 북아메리카대륙으로 약 25종이 있다. 기후가 서늘한 북부 온대 지방에서 잘 자란다. 작은 가지는 자주색이다. 4~5월에 꽃이 핀다. 이때 잎이 같이 나온다. 열매는 8~9월에 익는다.

남편이 스마트폰의 요금제를 무제한으로 바꾼 후 틈만 나면 유튜브로 〈미스터 트롯〉을 시청했다. "이렇게 좋은 세상이 바로 여기 있네."라고 말하면서. 그 다음은 마음공부로 옮겨갔다. 온종일 법상스님, 몽지, 릴라, 혜암의 강의를 들었다. 그러던 남편이 어느 날 내게 전화를 했다. "지금 막 눈 떴다."라고 말하는 남편의 목소리에는 기쁨에 차 있었다. 나는 남편이 '눈 뜬 것'을 인정할 수밖에 없었다. 남편이 이전과는 많이 달라졌기 때문이다. 남편은 어떤 행동이든지 한순간 왜 그런 행동을 했는지에 대해 더 잘 알아차렸고 잘못된 행동이면 그 행동을 바로 고쳤다.

사과나무가 좋은 환경에서 자라게 되면 꽃을 피우고 열매를 맺을 수도 있다. 좋지 못한 환경에선 싹을 틔워도 꽃을 못 피우고 생을 마감할 수도 있다. 태풍이나 인간에 의해 잘리거나 뽑혀

힘겹게 살아갈 수도 있고 그것으로 생이 끝날 수도 있다. 나도 한 그루의 사과나무와 같다. 내 삶이 어떻게 될지 모른다.

어떤 일이 생기더라도 '내게 왜 이런 일이…'라고 생각하지 않을 것이다. 영화 〈탑건〉에서 사령관이 매버릭에게 드론으로 인해 파일럿이 필요 없는 날이 올 것이라고 말한다. 그렇다. 미래에는 파일럿이 필요 없을 것이다. 이에 매버릭은 "오늘은 아닙니다."라고 말했다. 오늘은 파일럿이 필요한 날이기 때문에 오늘 파일럿으로 살기 위해서 그렇게 말한 것이다. 나 또한 오늘 내가 할 수 있는 한 사과 꽃을 피우고 사과를 맺기 위해 애쓸 것이다.

나는 원소로 이루어져 있다. 내가 엄마 배 속에 있을 때부터 지금까지 내가 먹고 싸고 숨을 쉬고 땀을 흘릴 때 수백억 개의 원소들이 내 몸속으로 들어와 내가 되었다가 내게서 떨어져 나갔다. 내가 살아있는 한 이를 반복할 것이기 때문에 앞으로도 수백억 개의 원소들이 내 몸이 되었다가 내 몸에서 떨어져 나갈 것이다. 내 몸이었던 원소들이 흙이나 물이 되어 사과나무 속으로 빨려 들어갔다가, 이파리가 애벌레에게 갉아 먹혀 애벌레의 몸이 될 수도 있고, 바람이나 구름이 되어 흐르다가 빗물이 되기도 하고 강물이 되기도 하면서 바다로 흘러갈 수도 있다. 내 몸의 원소였던 바닷물이 멸치나 고등어 혹은 오징어 몸속으로 들어갔을지도 모른다. 또 바닷물이 증발하여 다시 구름이 되었다가 어느 상추밭에 떨어졌을지도 모른다. 나라는 존재는 순환하는 과정에서 나타난 사과나무나 상추 혹은 애벌레와 같다.

나는 죽음으로 사라지지 않는다. 오로지 변화해 갈 뿐이다. 봄날 사과꽃을 보고 내가 환하게 웃는 건 내 몸이었던 원소 하나가 사과 꽃 속에서 나를 보고 반가워서 먼저 웃어 주기 때문일지도 모른다. 나는 죽음이 두렵지 않다. 죽음은 나를 변화시켜주고, 나를 자유롭게 놓아주니까. 가능하다면, 어느 날 잠자듯 떠나갈 수만 있다면 정말 좋겠다. 어느 날 딸이 "엄마, 엄마가 죽고 난 뒤에 엄마가 보고 싶으면 어디로 가지?"라고 물었다. "수목원. 지금의 나를 있게 했으니까."라고 대답하다가 다시 고쳐 말했다. "어느 날, 예쁜 꽃이 네 눈에 들어오면 그 꽃이 엄마야. 흘러가는 구름이 네 맘에 들어오면 그 구름이 엄마고, 바람이 불면 그 바람이 엄마야. 엄마는 어디에나 있을 거야."

어느 날 위장이 꼬인 듯, 온몸이 괴로웠다. 진정이 되지 않으면 병원에 가야겠다고 생각하며 누웠다. 아파서 어찌할 수 없는 와중에 '눈 뜬다는 게 어떤 거지?'라는 생각이 들었다. 그래서 남편이 즐겨 시청하던 유튜브 영상을 틀었다.

바람이 피리 속으로 들어가 피리 구멍으로 나와 다시 바람이 되는 것, 이것이 우리란다. 바람은 피리 구멍을 통과하면서 도레미파솔라시도라는 소리를 낸 후 바람으로 되돌아간다고 혜암은 말했다. 도도 바람이고 솔도 바람이고 도레미파솔라시도 모두가 바람이란 것이다. 그래서 도도 나고 미도 나고 도레미파솔라시도 이 모두가 나라는 것이고, 태어남도 없고 죽음도 없다는 것이다. 말하자면 이 우주가 나라는 것이다. 또 내가 없으면 우주도 없고 내가 있어야 우주가 있다는 것이다.

혜암이 피리 구멍을 통과하는 바람 이야기를 할 때 '눈을 뜬다.'는 말이 무슨 말인지 깨달았다. 남편은 눈을 떴다고 몹시 기뻐했고, 몇 개월이 흐른 지금도 행복해하면서 마음공부 강의 듣고 있었다. "이게 뭐야. 난 왜 기쁘지 않지? 하나도 즐겁지 않지?" 내가 눈뜬 내게 말했다.

나는 '할수'고 70년 전에 사람으로 태어났고 얼마 뒤 죽을 것이다. 난 우주가 아니다. 나는 피리 구멍을 통과하는 중인 음계 중의 하나일 뿐이다. 나는 내가 도인지 미인지 솔인지 알고 싶다. 어쩌면 피리 대롱 속에서 음을 낼 수 있는 지점에 도착하지 못한 바람일 수도 있다. 내가 미라면 미 소리를 제대로 내보고 싶고, 시라면 시 소리를 맘껏 질러보고 싶다. 그렇다. 나는 '나'라는 소리를 제대로 내보고 싶다. 기쁠 때 기쁨을 표현하고 괴로울 땐 괴로움을 표현하고 싶다. 물론 소리를 내다가 실수할 때가 있고, 화를 표현하다가 상황에 맞지 않게 표현할 수도 있겠지만.

난 피리 구멍을 지나가는 한 줌의 바람, 내가 좋다. 내가 가장 낮은 음을 내는 피리 구멍을 통과하는 바람이어도 좋다. 다른 바람이 낼 수 없는, 낮은 바람만이 낼 수 있는 소리가 있으니까. 내가 우주라니. 우주의 크기와 무게에 내가 압도당해, 가슴이 짓눌리는 것같다. 다른 사람들은 내가 있어야 우주가 있고 우주가 나고 내가 우주라는 말에 행복이 넘쳐 울기까지 하던데…. 나는 피리 구멍을 지나가는 한 줌 바람으로 살기로 한다.

사과 씨앗이 사과 속에서 떨어져 나와 발아하기 시작할 때, 떡잎이 나오고 뿌리가 자라고 가지가 자랄 때, 꽃이 피고 사과가 열리고 익어갈 때, 사과나무는 바람 좋고 햇볕이 좋은 날엔 활짝 웃었을 것이다. 태풍이 몰아쳐 가지가 부러질 때나 익어가던 사과들이 떨어져 내릴 땐, 눈치 안 보고 울었을 것이다. 장마철 몇날 며칠 동안 비가 와서 온몸이 과습에 시달릴 때, 사과나무가 과습의 괴로움을 온몸으로 표현하는 것을 나는 본 적이 있다.

사과나무처럼 살고 싶다. 피리 구멍 속의 햇볕과 바람과 구름과 비, 그리고 어둠까지 온몸으로 느끼며 살고 싶다. 자유롭게 웃고 울면서.

고추잠자리의 새빨간 빛깔이
내 마음 속에 일으킨 불꽃

고추잠자리: 잠자리과에 속하는 곤충이다. 유충은 늪이나 연못 등 수생식물이 많은 곳에서 산다. 수컷은 어릴 때는 노란색이고 성숙하면 빨갛게 변한다. 암컷은 연한 오렌지색이다.

엄마가 나를 데리고 토끼풀을 뜯으러 갔다. 다섯 살 때쯤이었다. 엄마는 복숭아나무 아래서 토끼풀을 뜯었다. 나는 복숭아나무 사이를 뛰어다니며 놀았다. 가끔 멈춰 서서 엄마를 바라보다가 이 풀 저 풀을 관찰하는데, 바로 앞 풀잎에 새빨간 고추잠자리가 앉아있었다. '헉, 이렇게 새빨갛다니!' 처음 본 고추잠자리의 색깔에 놀라 숨이 멈춰버렸다.

잠자리를 모르는 사람은 없을 것이다. 잠자리는 주변에서 심심찮게 볼 수 있는데 생김새가 다른 곤충들과 많이 달라 식별하기 쉽기 때문이다. 유충 때엔 물속에서 장구벌레, 올챙이, 송사리 같은 작은 물고기를 잡아먹는다. 잠자리는 육식동물로 유충 때만 아니라 성충일 때도 육식을 한다. 잠자리도 곤충이라 더듬이가 있다. 잠자리 더듬이를 본 사람은 거의 없을 것인데 이는 다른 곤충과 달리 퇴화를 많이 해서 크기가 매우 작기 때문이다. 잠자리의 비행 능력은 곤충 중에서 최상급에 속한다. 네 날개를 각각 따로 움직여 급강하와 급상승은 물론 급선회와 호버링, 즉 정비 비행까지 할 수 있다. 게다가 상하좌우 이동에서 후진비행까지 할 수 있지만, 날개에 구조적 결함이 있다고 한다. 잠자리는 최상위 포식자로 오랫동안 살아왔기 때문에 위험을 감지하거나 도망갈 필요가 없었다. 그래서 인간에게 쉽게 잡히기도 하지만, 어린 내게 잡힐 만큼 어리숙하지도 느리지도 않았다.

새빨간 **고추잠자리**를 향해 손을 내밀었다. **고추잠자리**가 날아올랐다. 조금 떨어진 풀잎에 내려앉았다. 살금살금 다가가 손을 내밀었다. **고추잠자리**는 잽싸게 날아올라 주위를 빙 돌았다. **고추잠자리**를 뒤쫓아가는 내 눈길이 다급해졌다. 다행히 **고추잠자리**는 가까운 풀잎 끝에 내려앉았다. 숨을 멈추고 뒤꿈치를 들고 살금살금 다가가 손을 내밀었다. **고추잠자리**의 꼬리가 손끝을 스쳐며 날아갔다. 나는 그 길로 냅다 달렸다. 돌멩이에 걸려 넘어졌고 울음을 터트리니 엄마가 달려와 나를 일으켜 세웠다. 돌멩이에 찢긴 상처에서 피가 흘러내렸다. 무릎에는 이때 생긴 흉터가 여전히 남아있다.

내가 넘어진 것은 **고추잠자리**에 빠져서가 아니다. 우리 집 주변에는 된장잠자리, 밀잠자리 등이 많이 날아다녔다. 가까운 못

가에도 왕잠자리, 실잠자리들이 날아다녔기 때문에 잠자리는 내게 익숙한 곤충이었다. 그럼에도 내가 **고추잠자리**를 뒤쫓아 내달린 이유는 **고추잠자리**의 새빨간 빛깔이 마음속에 번갯불 같은 불꽃을 일으켰기 때문이다.

무언가가 우리 마음속에 불꽃을 튀기면 우리는 그것을 향해 돌진하게 된다. 불꽃이 튀어 오르면 눈에 보이는 거라곤 오직 그 불꽃뿐이기 때문이다. 내가 **고추잠자리**의 빨간 빛깔에 꽂혀 넘어졌듯, 우리가 어떤 일에 마음을 뺏기면 대체로 좋지 않은 일들을 경험하게 된다. 상황 판단을 제대로 할 수 없기 때문이다. 새빨간 **고추잠자리**로 인해 생긴 무릎의 상처는 아물었지만, 그 자리에 흉터를 남겼다. 흉터를 볼 때마다 내 마음은 어린 날의 복숭아밭으로 달려간다. 엄마는 여전히 토끼풀을 뜯고 있고 **고추잠자리**는 나를 향해 새빨간 빛을 발사하지만 나는 돌진하지 않는다. 가만히 바라볼 뿐.

이제는 새로운 해가 시작되어도 그저 그렇다. 오늘이 어제와 똑같다. 내일은 또 오늘과 같겠지, 모레는 내일과 같을 거고. 일이란 일이 모두 시시하고 재미없게 느껴질 때가 있다. 이럴 땐 마음속에 활활 불꽃 일으켜 줄, 우리를 냅다 뛰게 할, 새로운 잠자리를 찾아 길을 떠나야 할 때다.

왕솔나무는 스무 번의 겨울과 싸워 이긴 전사

대왕소나무: 소나무과 식물이다. 아메리카 남동부에서 산다. 소나무 중에서 잎이 가장 길어서 대왕소나무라고 한다. 왕솔나무라고도 부른다. 잎 길이가 45~60cm이다. 송진 채취에 이용하고 솔잎에서 섬유를 채취한다. 대개 관상용으로 심는다.

대왕소나무를 좋아한다. 대구수목원 침엽수원에 있는 왕솔나무라고도 불리는 이 나무는 잎 길이가 매우 길다. 숲 체험에 참여한 사람들에게 왕솔나무를 즐겨 보여준다. 사람들에게 이 나무를 보여주는 이유는 잎 길이가 길어서이기도 하지만 또 다른 이유가 있다.

왕솔나무를 처음 본 것은 20년 전으로 자연지도자 교육을 받을 때였다. 왕솔나무를 처음 본 순간 "와, 잎이 이렇게 긴 나무도 있네!" 하며 감탄했다. 긴 이파리가 늘어진 모습은 왕솔나무라는 이름답게 위엄이 있었다.

어느 해 봄이었다. 이 나무의 잎이 깡총해 보였다. 그때부터 이 나무를 눈여겨 보았는데, 왕솔나무의 잎 길이가 해마다 짧아졌다가 길어졌다를 반복했다.

왕솔나무의 잎이 긴 이유는 따뜻한 지방에서 살기 때문이다. 반면 우리나라에 사는 소나무는 상록수이긴 해도 잎 길이는 8~9cm로 짧다. 겨울이 되면 매우 춥기 때문이다. 대구수목원 침엽수원에 새로 심긴 왕솔나무는 이곳의 겨울이 얼마나 추운지 몰랐다. 고향에서처럼 잎을 길게 내밀었다. 처음으로 맞이한 겨울. 얼어 죽을 것 같았다. 추위에 깜짝 놀란 왕솔나무. 이러다 '얼어 죽을라.' 하면서 잎을 짧게 내기 시작했을 것이다. 다시 한겨울을 지내보니, 생각보다 춥지 않았다. "어, 잎을 너무 짧게 냈네."라며 후회했을 것이다. 그렇다고 너무 길게 냈다간 얼어 죽을 수 있으니 지난해보다 잎을 조금 더 길게 내봤을 것이다.

겨울 날씨는 해마다 더 추울 때도 있고, 덜 추울 때도 있다. 우리 사람도 날씨가 어떨지 가늠하기 어려워 하는데, 나무인들 다가올 추위를 어떻게 알고 대비하겠는가.

이 나무는 자신이 할 수 있는 한, 잎을 길게 내고 싶다. 우리도 우리가 할 수 있는 한 멋지게 해내고 싶지 않은가. 아메리카 남동부에서처럼 60cm나 되도록 잎을 길게 내었다간 겨울에 얼어 죽을 게 뻔하다. 살기 위해서 잎 길이를 짧게 낼 수밖에 없는 왕솔나무는 다가올 겨울을 대비해 얼마나 짧게 내야 할지, 좀 더 길게 내야 할지 날마다 고민을 했을 것이다. 아무리 고민해도 소용이 없다. 다가올 추위를 예측할 수 없기 때문이다. 잎을 길게 내고 싶지만 얼어 죽고 싶지는 않다. 이게 **왕솔나무**의 딜레마다.

왕솔나무는 잎을 조심조심 길게도 내보고 짧게도 내보고, 에잇 모르겠다며 길게 내보기도 했을 것이다. 우리도 자신의 재능을 키우고 발전시키고 싶어 이래도 보고 저래도 보지 않는가. 나무라고 우리와 다를 바가 있겠는가. **왕솔나무**가 잎을 짧게 내는 것은 추운 겨울 날씨에 적응하면서 살아남기 위한 몸부림이고, 잎 길이를 길게 내는 것은 자신의 몸속에 내장된 유전자 그대로 표현하고 싶은 열망의 표현이다.

지금 대구수목원의 **왕솔나무**는 고향인 아메리카 남동부에서 살고 있을 다른 **왕솔나무**에 비해 잎 길이가 매우 짧다. 이 글을 쓰면서 캐비닛에 들어있는 이 소나무 잎을 꺼내 자로 재어보니 35cm다. 이 솔잎을 주워올 때 그중에서 긴 것들을 골라 주워왔다. **왕솔나무**에는 이보다 훨씬 짧은 솔잎도 많이 달려있다.

이곳 대구수목원 침엽수원에서 자라는 **왕솔나무**와 원산지에서 자라는 **왕솔나무**의 모습은 둘 다 아름답다. 그 이유는 아름다움을 재는 기준을 달리 했기 때문이다. 이곳의 **왕솔나무**는 스무 번의 혹독한 겨울 추위와 싸워 이긴 전사다. 몸속에는 추위와 싸워 이긴 역사와 추위와 싸워 이길 전략들이 아로새겨져 있다. 짧은 잎 속에도 눈에는 보이지 않지만 살기 위한 몸부림이 들어있고 잎을 길게 내기 위해 애쓴 열정과 눈물이 들어있다.

내가 사람들에게 보여주고 싶은 것이 바로 이런 것들이다. 잎이 깡총한 이 모습은 이 나무가 바랐던 것은 아니다. 왕솔나무가 원하는 것은 60cm나 되는 긴 잎이다. 그럴 능력이 몸속에 내재 되어있지만, 고향 원산지와는 기후가 달라 이곳에 사는 동안 내장되어 있는 잠재력을 모두 발휘할 수 없었다. 아무리 눈물을 흘려도 할 수 없는 일이다. 이런 건 받아들여야 하는 것이다. 추위를 견디기 힘들어서 흘리는 눈물과는 다른 눈물이다.

나는 이런 왕솔나무가 아름답고 사랑스럽다. 벚나무가 벚꽃을 활짝 피었을 때보다 더 아름다우냐고 묻는다면, 나는 "서로 다른 아름다움이다."라고 대답할 것이다. 아름다움의 우열을 가리기보다 여러 종류의 아름다움을 느낄수록 우리 삶이 더 풍성해지지 않겠는가. 활짝 핀 벚꽃은 마음에 분홍빛 등불을 켜준다. 반면 왕솔나무는 가슴속 깊은 울림을 준다. 20년 동안 왕솔나무가 추위에 떠는 모습, 기진해 있는 모습, 새 솔잎을 내는 모습, 봄비를 맞고 희망에 부푼 모습을 내가 지켜보았기 때문이다. 오래 보아야 사랑스럽다는 시인 나태주의 말처럼 우리가 무엇이든 오래 바라본다면 사랑하지 않을 수 없다.

왕솔나무가 자신의 욕구만을 우선으로 살아왔다면 지금 여기에 없을 것이다. 주변 환경에 맞추어 적절하게 자신의 욕구를 표출하였기 지금 여기에 살아있다. 생명에게 살아있는 것보다 소중한 것이 또 있을까. 왕솔나무에게 속삭여준다. "너는 너답게 살고 있구나."

우리 또한 왕솔나무와 처지가 같다. 자신이 원하는 삶이 있는데 환경이 따라 주지 않아서, 능력이 없어서 그렇게 살지 못할 수가 있다. 이건 바로 내 이야기이기도 하고 우리의 이야기이기도 하다. 왕솔나무가 살기에 좋지 않은 환경에서 잎을 길게도 내보고 짧게도 내어보듯, 우리도 그렇게 살아왔다.

왕솔나무가 잎을 길게 내 볼 수 있는 계절은 여름이다. 겨울에 길게 냈다간 얼어 죽을 수 있기 때문이다. 지금 나의 계절은 여름이다. 잎을 길게 내 볼 수 있는 계절, 여름이 주어졌다. 날마다 잎을 조금씩 이리저리 내밀어볼 것이다. 내가 내본 잎 길이가 다른 사람이 낸 잎 길이에 비교해 길든 짧든 무슨 상관인가. 이 여름이 끝나는 날 내가 내게 "해봤어."란 말 한마디 할 수 있으면 그만이지 않겠는가? 그래서 마음 가는 대로 잎을 내볼 것이다.

실새삼의 사흘은
사느냐 죽느냐의 갈림길

실새삼: 메꽃과의 한해살이 기생식물이다. 전국의 산과 들에 자란다. 주로 콩과식물에 기생한다. 세포 내에 광합성을 수행하는 엽록체가 없어 식물체가 노란색을 띤다. 씨앗에서 싹이 나올 때는 뿌리가 있다. 뿌리가 있는 기간은 3일이며, 이때 다른 식물을 감지 못하면 죽는다. 새삼보다 줄기가 가늘다.

실새삼은 기생식물이다. 실새삼에게 주어진 시간은 사흘뿐이다. 새싹일 땐 뿌리가 있지만, 사흘 후엔 뿌리가 퇴화하기 때문이다. 그래서 실새삼은 사흘 안에 숙주식물의 줄기를 감지 못하면, 꽃을 피우고 씨앗을 맺을 기회를 상실한다. 우리는 인생이 짧다 하고 기회도 별로 없다고 하지만, 실새삼과 비교해보니 우리에게 주어진 시간과 기회는 많고 많다. 실새삼이 이 사실을 안다면 우리 사람에게 주어진 시간과 기회를 얼마나 부러워하겠는가.

새싹 실새삼의 목표는 숙주식물을 찾아가 줄기로 감는 것이다. 실새삼의 줄기는 고개를 치켜들고 목표인 숙주식물을 찾아 둥글게 원을 그리며 나아간다. 실새삼에겐 눈이 없다. 그러므로 줄기는 온몸으로 숙주식물 냄새를 탐지한다. 숙주식물의 냄새가 나는 곳을 향해 줄기를 뻗어간다.

우리도 각자 목표가 있고 목표를 향해 나아간다. 우리에겐 눈이라는 신체 도구가 있어도 목표로 가는 길은 보이지 않는다. 우리도 온몸에 촉각을 세우고 어떤 상황인지 무슨 일을 해야 할지 감지한다. 우리에겐 실새삼보다 긴 시간이 주어졌지만, 때론 실새삼보다 더 마음이 급하다.

생각의 들판으로 이리저리 줄기를 뻗어 나간다. 한참 헤맨 끝에 뭔가가 줄기 끝에 닿는다. '와, 살았다!' 안도의 한숨을 내쉰다. 실 줄기를 뻗어가다가 숙주식물에 닿은 실새삼의 마음도 이럴까.

숙주식물을 타고 오르는 실새삼을 또 내가 타고 오른다. 줄기는 노란 실처럼 생겼다. 실새삼이라 이름 붙여진 이유가 이것이다. 잎은 비늘 같이 생겼는데 드문드문 어긋나게 달려있다. 잎이 많이 달렸다면 실낱같은 줄기의 존재는 잎 아래로 사라졌을 것이다. 실 줄기가 다른 식물을 이리저리 감고 올라간 모습은 뒤죽박죽 헝클어진 실타래 같다. 어디가 시작이고 끝인지 도무지 알 수 없는 실새삼의 실타래. 바로 내 머릿속이다.

참 용하다. 뒤죽박죽 상태에서 꽃을 피우고 열매를 맺은 실새삼. 줄기를 정리할 생각이 없이, 꽃을 피우다가 열매를 맺고 열매를 맺다가 꽃을 피우는 실새삼은 이 글감 저 글감을 옮겨다니며 글을 쓰는 나와 진배없는데도, 꽃을 피우고 열매를 여러 개 맺어놓았다.

머릿속을 더듬어본다. 머릿속은 구석구석에 쌓여있는 기억들로 어질러져 있다. '곧 정리해야지.'라며 내버려 둔 다락방처럼 내게 주어진 시간 내에 수십 년 동안 쌓인 잡다한 기억을 하나하나 집어 들고 살펴보기엔 역부족이다. 온갖 자잘구레한 기억 사이에 분명히 있을 그것을 찾지 못하고 머릿속을 더 어질러 놓고 말았다.

실새삼은 사흘 안에 숙주식물을 찾지 못하면 죽는다는데, 하루 24시간 중 몇 시간 동안 낑낑대다가 글 꽃 하나 못 피워내도 나는 살아있다. 다음 날 그다음 날 또 글을 쓸 기회가 남아있다. 하루 동안 글 꽃 하나 못 피워도 '다음 날'이란 글을 쓸 기회가 무수히 남아 있다.

그동안 기회가 없어서 이 모양으로 산다고 생각했는데, 매일매일 기회가 있었다. 기회는 다른 사람이 내게 줄 수 있는 것이 아니라, 내가 내게 주는 거였다. 그렇다면 글쓰기뿐만 아니라 다른 뭔가도 할 수 있었다. 사흘뿐인 생사의 갈림길에서 숙주식물을 찾아내 꽃을 피우고 열매를 맺은 실새삼 앞에서 '기회가 없었다.'라는 말을 나는 하지 못하겠다.

괭이밥, 연약하지만
연약하지만은 않구나

괭이밥: 괭이밥과의 식물이다. 햇볕이 잘 드는 길가, 공터, 밭에 자라는 여러해살이 풀이다. 줄기는 높이 10~50cm, 가지가 많이 갈라진다. 잎이 하트 모양이고 노란 꽃이 핀다. 잎과 줄기에서 신맛이 난다. 어린잎은 식용하며, 전초는 약용한다. 토끼풀과 비슷하지만, 잎이 훨씬 작고 얇고 연하다.

텃밭 구석에 노란 꽃을 달고 있는 괭이밥을 발견했을 땐 반가웠다. 귀엽고 야리야리한 괭이밥 몇 포기 있다고 해서 집이 풀밭이 되지 않을 것 같았다. 다른 풀들을 뽑아내면서도 괭이밥은 그냥 두었다.

괭이밥은 고양이와 관련이 있다. 괭이는 고양이의 줄임말로 고양이가 속이 안 좋을 때 뜯어먹는다고 하여 괭이밥이 되었다. 하트 모양의 잎 세 개가 모여 하나의 잎을 이루고 있는데, 아이들이 괭이밥 잎을 보면 "하트다, 하트."라고 신기해하며 소리친다.

시어머님이 살아계실 땐 시댁 앞마당과 텃밭과 뒤뜰 어디에도 작은 떡잎 하나 본 적이 없다. 시어머님이 돌아가신 뒤 빈집이 된, 남편의 고향 집은 완전 풀밭이 되었다. 한 달에 서너 번 가서 풀을 잡는다는 것 어림없는 일이었다.

괭이밥의 신맛은 식초의 신맛과는 완전 다르다. 입안에서 사르르 사라지는 얇은 신맛이다. 이 신맛이 얼마나 얇은지, 신 음식을 싫어하는 나도 아쉽게 느껴진다. 좀 더 신맛을 느껴보려고 이파리 몇 장을 입속에 넣어 보지만 여전히 아쉬움이 남는다.

남편의 고향 집에 갈 때마다 괭이밥 포기 수가 점점 늘어났다. 호미를 들고 괭이밥을 뽑아내기 시작했다. 뽑아내고 뽑아내도 괭이밥은 없어지지 않았다. 바빠서 또 한 주를 건너뛰고 갔을 때는 더욱 빽빽하게 자라 있었다. 괭이밥을 모조리 뽑아낼 작정을 하고 호미를 들었다. 그날 집으로 돌아오면서 내가 이겼다고 생각했지만, 다음에 갔을 때도 괭이밥이 무럭무럭 자라고 있었다. 적의 사정을 알고 내 사정을 알면 백 번 싸워 백 번 이긴다고 했는데, 내가 괭이밥을 몰랐다. 얇고 조그만 잎과 실 날 줄기를 가진 풀을 적이라고 칭하기엔 민망하지만, 괭이밥을 이기려면 괭이밥에 대해서 잘 알아야 한다. 집이 풀밭으로 변하지 않게 하려면 꼭 알아내야 한다.

괭이밥을 호미로 뽑으면서 살펴보았다. 괭이밥은 땅속으로 줄기를 뻗는 식물이었다. 이 사실을 몰라서 괭이밥을 잡지 못했다. 괭이밥을 그냥 뽑아낼 것이 아니라 땅속줄기를 어디로 뻗고 있는지 살펴보아야 했다. 줄기가 있으면 그 줄기를 따라가 줄기 끝에 달린 또 다른 괭이밥이 있는지 살펴보아야 했다. 괭이밥 실 줄기를 따라가니 땅속에서 자라고 있는 어린 괭이밥들이 보였다. 땅속에 어린 괭이밥들이 있는 줄 모르고 땅 위에 보이는 것만 뽑아냈으니, 계속 괭이밥이 올라올 수밖에 없었다.

괭이밥은 돌멩이나 풀더미 같은 장애물을 만나면 그것을 비켜 땅속으로 실 줄기를 길게 뻗어갔다. 햇볕이 드는 곳에 도착하면 얼굴을 내밀고 잎을 내고 꽃을 피우기 시작했다. 괭이밥의 바싹 마른 줄기를 따라가면 좁쌀의 반의반 정도 크기가 땅 위에 드러나 있는 괭이밥이 있다. 이 괭이밥도 거의 말라 있어서 나는 죽은 줄 알았다. 얼마 뒤엔 좁쌀의 사 분의 일 정도 크기였던 말라빠진 괭이밥이 좁쌀만 한 작은 잎을 내밀고 있었다. 11월인 지금도 노란 꽃을 피우고 열매를 맺고 있다. 뽑아내면 그냥 사라질 줄 알았는데 괭이밥은 연약하지 않은 게 아니라 강인했다.

괭이밥이 줄어들지 않은 이유 중의 하나는 씨앗이 매우 많이 열리기 때문이다. 익은 열매 꼬투리를 만지면 봉숭아 씨앗 꼬투리 터지듯 톡 터져서 손에 묻기도 하고 날아가기도 한다. 괭이밥을 없애려면 열매를 맺기 전에 뽑아내야 하고, 실 줄기를 따라가며 뽑아내야 한다. 괭이밥 줄기를 하나하나 따라가며 뽑아냈다. 이젠 다 잡혔다 싶었는데, 바쁜 일정 때문에 또 한 주를 건너뛰고 가니 괭이밥 천지가 되어있었다. 그사이 비가 몇 번 내렸기 때문일 것이다. 여리고 여린 풀의 생명력이 이다지도 강할 줄이야.

결국 괭이밥이 나를 이겼다. 내가 괭이밥 뽑기를 그만두었기 때문이다. 텃밭엔 괭이밥뿐 아니라 온갖 풀들이 무성하다. 개구리가 뛰어다니고 메뚜기가 날아다닌다. 남편이 어렸을 때부터 텃밭 한 편에서 살아온 터줏대감 부추도 밀려나고 있다. 부추를 베면 삼분의 일이 풀이다.

부추처럼 나도 세상에서 밀려나고 있다는 기분을 종종 느낀다. 내 세상에도 새로운 것들이 밀고 들어오기 때문이다. 나의 호롱불 세상에 전등이 밀고 들어왔고 라디오와 TV가 밀고 들어왔고 폴더폰이 밀고 들어왔다. 이때까진 좋았다. 문제는 스마트폰으로 바꾸고 집으로 돌아올 때였다. 지하철을 타는데 전화가 왔다. 아무리 눌러도 전화를 받을 수 없었다. 한 청년이 다가오더니, 스마트폰 화면을 쓱 그었다. 이건 시작이었다. 내 세상을 밀고 들어온 인터넷에서 필요한 물건 하나 골라놓고 결제하려다가 포기한 적이 몇 번이며, 햄버거 가게의 키오스크 앞에서 카드를 들고 어리바리하다가 나온 적이 몇 번이던가. 얼마 전에는 고속도로 휴게소에서 커피 한 잔을 사려고 커피 판매 기계 앞에 갔다가 되돌아 나왔다.

젊은 세대들에겐 생활필수품인 새로 나온 물건들이 나를 밀어내고 있다. 젊은 사람들의 생활양식이 나를 세상 밖으로 밀어내고 있다. 새롭게 태어난 신조어 대부분이 무슨 뜻인지 모른다.

너무 많이 축약되어버린 날말은 내게 단순히 외국어가 아니라 외계어다. 조만간 뒷방에 갇힐지도 모른다는 두려움이 인다.

괭이밥은 장애물을 비켜 가서 꽃을 피웠지만, 사람이 새로운 문물을 장애물로 여겨 비켜 가면 "뒷방에 갇힌 신세"가 되고 만다.

청설모야, 약간 덜 영리한 편이 사는 데 유리해

청솔모: 청설모과에 속하는 포유류이다. 몸의 크기는 다람쥐보다 훨씬 크며, 털색은 전체적으로 어두운 회색이며 배 쪽은 흰색이다. 털의 길이와 색깔은 계절에 따라 다르며 겨울철에는 귀에 털뭉치가 난다. 어린 새끼들은 눈을 감고 있으며 털이 하나도 없다. 우리나라 북부 및 중부지방에 서식한다.

EBS 다큐 〈이것이 야생이다〉의 **청설모** 편을 시청했다. **청설모**는 나뭇가지 위에 집을 짓고 산다. 다람쥐가 땅속 굴에서 사는 것과는 달리 보통 새들은 입구를 한 개 만들지만, **청설모**는 두 개의 입구를 만든다. 한 개는 천적이 닥쳤을 때 도망가기 위한 비상구라고 한다. **청설모**는 참 영리한 동물이다. **청설모**가 도토리 하나를 들고 쪼르르 달려 갔다. 땅을 파고 숨기는 듯 하다가 숨기지 않고 여기저기 돌아다녔다. 그러다가 한 곳에서 앞발로 낙엽을 들췄다. 땅을 파고 땅속에 도토리를 넣었다. 다시 앞발로 흙과 낙엽으로 도토리를 덮었다. 앞발로 다독여서 도토리를 숨긴 흔적을 지웠다. **청설모**가 이렇게 애써 숨긴 도토리를 거의 찾지 못한다고 하니, '영리한 것이 맞나?'란 생각이 든다.

청설모가 도토리 하나를 들고 여기저기 돌아다니면서 꼼꼼하게 숨기는 이유가 있다. 도토리를 훔쳐가는 도둑 때문이다. 한 번은 청설모가 도토리를 숨기고 떠나가자마자 까마귀가 날아들었다. 이 까마귀는 부근 나뭇가지에 앉아 청설모가 도토리를 숨기는 모습을 지켜보고 있었다. 까마귀는 이 모습을 보고도 도토리를 찾지 못했다. 금방 보고 날아온 까마귀가 못 찾게 숨기다니. 청설모가 '영리한 게 맞네.'란 생각이 또 들었다.

청설모는 도토리를 숨기려고 땅을 그리 깊게 파진 않는다. 판 구멍에 도토리를 넣고 약간의 흙과 낙엽으로 덮는다. 그리고 꼭꼭 다진다. 청설모가 도토리를 숨기는 모습은 꼭 우리가 씨앗을 심는 모습과 흡사하다. 실상 청설모가 도토리를 숨긴 상태가 도토리가 발아하기 좋은 상태라고 한다. 청설모가 찾지 못하는 도토리에서 싹이 나와 커다란 나무가 되면 도토리가 열릴 것이다. 이 도토리는 청설모의 후손이 먹게 된다. 청설모가 숨긴 도토리를 못 찾는 것은 손해가 아니라 이득이다. 청설모도 생명인지라 후손이 살아남는 게 사는 목적일 테니까.

청설모가 도토리를 숨기는 장면에서 문득 봉무공원에서 근무할 때 본 청설모가 생각났다. 봉무공원에는 나비표본 전시관이 있다. 이 전시관 뒤쪽은 숲이고 앞쪽은 단산지라는 저수지가 자리 잡고 있다. 어느 오후 단산지 둘레길을 걸었다. 가끔 숲속에도 들어가 보았는데, 소나무 아래 바닥에 검지 손톱 크기만 한 검은 물체들이 보였다. "이게 뭐지?" 손가락으로 한 개를 집어 들었다. 물에 담갔다가 꺼낸 것처럼 젖은 솔방울 조각이었다. 주변을 살펴보니 소나무 위에서 조그만 물체가 핑핑 떨어지고 있었다. 소나무 위를 바라보았다. 청설모가 검고 작은 물체를 날리고 있었다. 얼른 그 자리에 쭈그리고 앉아 청설모를 지켜보았다. 청설모가 앞발로 파란 솔방울을 빙빙 돌리며 솔씨를 까먹었다. 청설모가 핑핑 날리는 것은 솔씨를 먹기 위해 떼어낸 솔방울 조각이었다. 청설모는 솔씨를 다 까먹었는지 들고 있던 솔방울을 놓아버렸다. 쪼르르 옆 가지로 옮겨갔다. 앞발로 솔방울을 비틀어 땄다. 솔방울을 들고 다시 옆 가지로 옮겨갔다. 앞발로 솔방울을 빙빙 돌리며 계속 솔씨를 까먹었다. 솔방울 조각을 집어 들고 살펴보니, 모두 축축했다. 청설모가 솔방울 조각을 갉아내고 솔씨를 빼먹을 때 침이 묻어서 젖은 것이다.

청설모는 솔씨를 까먹다가 솔방울을 떨어뜨렸다. 그러자 얼른 소나무 아래로 내려와 솔방울을 찾아다녔다. 청설모는 솔방울을 찾지 못하자 다시 소나무 위로 올라갔다. 몇 개의 솔방울을 살펴보다가 한 솔방울을 골라 땄다. 아뿔사! 청설모는 또 솔방울을 떨어뜨리고 말았다. 이후에도 청설모는 솔방울을 따다가 떨어뜨렸지만, 항상 떨어뜨린 솔방울을 찾으러 땅바닥으로 내려오지는 않았다.

청설모가 솔씨를 까먹으려고 솔방울을 얼마나 재빠르게 빙빙 돌리는지! 영상을 2배속으로 보는 것 같았다. 청설모가 솔방울을 떨어뜨리거나 떨어뜨린 솔방울을 찾지 못해도 대수롭지 않게 생각하는 것 같았다. 그저 혼자서 신나게 놀고 있는 것처럼 보였다.

청설모가 솔씨를 빼먹고 남은 솔방울의 모양은 밀가루 반죽을 입혀 튀긴 새우튀김과 비슷하다. 국립산림과학원에서 청설모가 먹고 남은 새우튀김 찾기 행사를 했다. 청설모와 다람쥐가 먹고 남은 솔방울, 새우튀김 사진을 찍어서 해시태그를 달아 SNS에 올리면 선별해서 선물을 줬다. 국립산림과학원은 "많은 시민이 숲에 흥미를 느끼고, 기분 전환하는 시간을 가졌으면 좋겠다는 바람으로 이 행사를 기획했다."고 한다. 행사는 끝났지만, 숲에 가면 청설모가 만든 새우튀김을 찾아봐도 재미있을 것이다.

가을이 다가오는 어느 날, 청설모 한 마리가 상수리나무에서 쪼르르 내려오고 있었다. 청설모의 입이 뾰족하게 튀어나와 있었는데, 초록색이었다. 놀라 자세히 살펴보았다. 청설모가 볼이 터지도록 입속에 도토리를 가득 물고 있었다. 그래서 초록색 도토리가 입 바깥으로 삐죽 튀어나온 거였다. 하, 웃음이 터져 나왔다.

사람들은 청설모가 숨긴 도토리 대부분을 찾지 못한다고 하여, 영리하지 못한 동물이라고 말한다. 나는 이와 다른 생각인데,

도토리를 많이 숨길수록 청설모는 몸을 자주 움직여야 하기 때문이다. 또 숨긴 곳을 잊어버려서, 그만큼 도토리를 찾아 먹기 위해 여러 곳을 돌아다녀야 한다. 천적이 잡아먹으려고 할 때, 도토리를 조금 숨기고 할 일이 없어 빈둥거린 청설모보다는 많이 움직인 청설모가 몸이 유연하여 더 잘 도망갈 수 있을 것이다. 청설모에게 겨울 동안 먹을 만큼만 도토리를 숨기고 그것을 다 찾아내 먹는 능력이 있다고 하자. 이 능력이 청설모에게 좋기만 하겠는가! 청설모가 찾아내지 못한 도토리는 큰나무로 자라나 도토리를 맺는다. 청설모가 영리하지 못해서 도토리를 다 찾아먹지 못하기 때문에 후손의 양식을 장만해 줄 수 있는 것이다. 청설모에겐 약간 덜 영리한 편이 살아가는 데 훨씬 더 도움이 된다.

우리의 삶도 청설모의 삶과 마찬가지가 아닐까? 머리를 굴리다가 잘못 굴려 제 꾀에 빠진 사기 사건 기사를 보다가 문득 좀 영리하지 못하고 어리숙한 사람들이 더 잘 살 수 있을 거란 생각이 들었다. 이런 사람들은 제 꾀에 제가 빠지는 일은 당하지 않을 테니까. 그동안 나는 '내가 좀 더 똑똑했다면 잘 살아왔을 텐데.'라는 생각을 해왔다. 하지만 청설모를 통해 생각이 바뀌었다. 똑똑하지 못해서 도리어 잘 살아왔다고. 똑똑하지 못해도 잘 살아갈 수 있고, 어리숙한 것이 도리어 유익을 가져다 줄 수도 있다고 말이다. 이런 생각은 내게 조금 위안을 준다.

해바라기를 보고도 미소를 지을 수 없는 이유

해바라기: 국화과에 속하는 식물이다. 줄기는 곧추서고 높이 100~300cm, 잎은 어긋나며, 난형 또는 원형으로 밑이 심장형으로 끝이 뾰족하다. 꽃은 8~9월에 피는데 줄기 끝에 머리 모양으로 달리고 지름 20~30cm이며, 노란색이다. 꽃은 관상용으로, 열매는 식용하거나 식용유를 얻는 데 쓴다. 해바래기라고도 한다. 우리나라 전국에서 심어 기른다.

올봄 텃밭에 해바라기 모종을 심었다. 때맞춰 물을 주지 못했는데도 두 포기는 잘 자라주었다. 다른 해바라기들은 여름이 지나가도록 밥공기만 한 꽃을 달고 있다.

꽃을 보면 듀센 미소, 즉 인위적으로는 지을 수 없는 미소, 입가의 근육과 눈가의 근육까지 함께 웃는 미소를 짓게 된다고 하는데, 밥공기만 한 해바라기 꽃을 보면 제때 물을 주지 못한 미안한 마음과 안쓰러운 마음이 일어난다. '이 해바라기들의 뿌리는 물을 찾아 마른 땅을 뚫기 위해 얼마나 애썼을까. 목이 타는 고통을 어떻게 견뎌냈을까?'라는 생각에 마음이 아린다.

꽃을 본다고 무조건 미소를 지을 수 있는 것이 아니었다. 나와 관계가 없는 꽃일 때 미소를 지을 수 있다. 그 꽃을 가꾼 사람은 때론 미소를 짓지 못할 수도 있다. 내가 그랬다. 씨앗을 더 수확했으면 하는 바람을 이루지 못해서가 아니다. 우리 사람도 자신이 하고 싶은 일을 하면서 좋은 결과를 바라는 것처럼 이 해바라기들도 많은 씨앗을 맺고 싶었을 텐데, 밥공기만 한 해바라기 꽃은 씨앗이 몇 개 여물었어도 빈 쭉정이뿐이었다.

가장 잘 자란 해바라기를 수확하려고 보니 꽃받침과 씨앗이 모두 썩어 물컹거린다. 지난번에 왔을 땐 멀쩡했는데 썩은 줄 모르고 잠시 만진 손에서 썩은 냄새가 난다. 문득 돌아가신 할머니 생각이 난다. 6·25 때 할머니는 작은아들을 잃었다. 작은아들을 잃은 할머니의 마음이 어땠을지 짐작할 수 없었는데, 썩은 해바라기를 보니 할머니가 작은아들의 전사 통지서를 받았을 때의 심정을 조금 짐작할 수 있겠다. 아들을 잃은 할머니의 마음은 이 해바라기처럼 썩었을 것이다. 할머니, 마음받침에 단단하게 달려 있던 알찬 씨앗. 아들 목숨이 땅에 떨어져 버렸다는 소식을 들었을 때 할머니 마음받침이 썩어 물러버렸을 것이다.

6·25가 끝난 지 수십 년이 지난, 요즘에도 썩은 해바라기 꽃받침 냄새가 퍼지고 있다. 해바라기 꽃이든 다른 어떤 꽃이든, 꽃을 보고 웃을 수 있는 세상이면 좋겠다.

두 번째로 크게 자란 해바라기 꽃을 살펴본다. 씨앗이 잘 여물고 있다. 몇 주 후면 제법 많은 씨앗을 수확할 수 있겠다. 이 해바라기 꽃도 가장 큰 꽃을 피웠던 해바라기 씨앗처럼 썩을까 염려가 되었다. 그래서 남편 고향 집에 갈 때마다 텃밭의 이 해바라기를 살펴보았다. 다행히도 이번에는 제때 수확할 수 있었다. 수확한 해바라기 씨앗을 봉투에 담다가 접시 위에 도로 쏟아부었다. 씨앗들이 몇 개나 될지 궁금했기 때문이다. 해바라기 씨앗들을 하나, 둘 세어 나갔다. 모두 2,193개였다.

해바라기는 국화과 식물이다. 국화과 식물의 꽃 한 송이는 한 송이가 아니다. 수십 혹은 수백 개의 꽃이 모여 한 송이를 이루는 꽃다발이다. 이 해바라기는 2,193개의 꽃송이로 이루어진 꽃다발이다. 해바라기는 왜 2,000개가 넘는 꽃을 한데 뭉쳤을까.

만약 2,000개의 열매를 얻기 위해 2,000송이의 꽃을 따로 피운다고 생각해 보자. 그러면 얼마나 많은 영양분이 필요하겠는가. 많은 꽃을 따로 피우다 보면 어쩔 수 없이 자잘한 꽃을 만들 수밖에 없다. 벌이나 곤충들도 꿀이나 꽃가루가 많아 보이는 크고 화려한 꽃을 즐겨 찾는다. 물론 향기도 좋은 것을 찾는다. 꽃을 피웠는데 벌이나 곤충이 찾아오지 않으면 수분을 할 수 없다.

해바라기는 곤충들에게 꿀과 꽃가루가 많아 보이게 하려고 작은 꽃들을 한데 뭉쳐서 큰 꽃다발을 만든 것이다. 국화과 식물에는 국화 코스모스 민들레가 있고 피를 엉기게 하는 엉겅퀴와 계란꽃이라 불리는 개망초가 있지만 해바라기만큼 많은 꽃을 한데 뭉치지는 않는다.

우리는 해바라기가 노랗다고 한다. 정말 노랄까. 사람이란 안경을 끼고 해바라기를 보니 노랗게 보이는 것이다. 사람이 아닌, 꿀벌과 나비에겐 해바라기가 노랗게 보이지 않는다. 사람도 시력에 따라 해바라기 꽃 색깔이 각기 달리 보인다. 같은 사람이라도 아침과 대낮과 황혼 무렵 즉 보는 시간에 따라 해바라기 꽃 색깔이 달라 보인다. 또 밤이라도 보름날 밤과 그믐날 밤인가에 따라 색이 달라 보인다. 그렇다면 해바라기 꽃은 무슨 색깔일까. 대답하기 어렵지 않다. 보이는 대로 말하면 된다. 그리고 다른 사람이 대답하는 것을 그대로 인정하면 된다.

해바라기 꽃 색깔이 노랗다는 것과 같은 우리의 고정관념이 우리 삶을 팍팍하게 만든다. 해바리기 꽃이 노랗지 않을 수도 있다는 것을 인정해야 할 뿐만 아니라 진짜 해바라기의 색깔은 우리가 알 수 없다는 것을 받아들여야 한다. 우리 눈이 노랗게 인식하는 것뿐이니까.

기후위기로 인해 사람만이 아니라 많은 생명이 고통을 겪고 있다. 어느 생명이든 고통을 즐기는 생명은 없다. 우리는 지구가 이곳에서 사는 모든 생명체의 공동 자산이라는 걸 인정해야 한다. 해바라기가 뭉치듯 모든 생명의 고통을 줄이기 위해 우리가 뭉쳐야 할 때다.

배롱나무 전설 속
진짜 괴물은 누구였을까

배롱나무: 백 일 동안 꽃이 핀다고 백일홍나무라고 부르다가 배롱나무가 되었다고 한다. 일본에서는 사루스베리, 즉 원숭이도 미끄러지는 나무라고 할 만큼 나무껍질이 매우 얇고 매끄럽다. 7월부터 꽃이 핀다.

배롱나무는 백 일 동안 꽃이 피기 때문에 백일홍나무라고도 한다. 한 번 핀 꽃이 시들지 않는 것이 아니라, 백 일 동안 꽃이 피고 지기를 반복하는 것이다. 미끄럼나무라고도 불리는 **배롱나무**는 껍질이 매우 얇고 매끄럽다. 겨울에는 **배롱나무** 껍질은 하얗게 빛이 난다.

숲 체험에 참여한 사람들에게 **배롱나무** 전설에 대해 이야기할 때가 있다. “처녀가 죽은 이유가 뭘까요?”라고 물으면 대부분 “청년이 죽어 너무 슬퍼서요.”라고 대답한다. “그렇죠. 청년이 죽은 슬픔이 너무 컸기 때문이죠. 그런데 청년이 말을 조금만 달리 했다면 처녀는 절벽에서 뛰어내리지 않았을 거예요. 청년이 잘못 말한 것은 무엇일까요? 그리고 그 말을 어떻게 했으면 처녀가 죽지 않았을까요?” 지금까지 이 질문에 시원한 대답을 내놓는 참

여자는 없었다.

배롱나무 전설은 우리에게 익숙한 이야기다. 어느 마을에서 한 해를 무사히 보내기 위해 처녀를 괴물의 제물로 바쳤다고 한다. 어느 해 한 처녀가 제물로 뽑혔다. 이 처녀를 사랑하는 청년은 사랑하는 사람을 지키기 위해 온 힘을 다해 괴물과 싸웠고 괴물은 청년의 기세에 눌려 도망갔다. 청년은 괴물을 찾아 없애기 위해 배를 타고 떠나면서 사랑하는 처녀에게 말했다. “내가 괴물을 죽이고 돌아오면 흰 깃발을 달고 내가 죽으면 붉은 깃발을 달고 오겠소.” 처녀는 날마다 바닷가에 나가서 청년이 탄 배가 돌아오기를 기다렸다. 어느 날 멀리 청년이 탄 배가 돌아오는 것이 보였고, 붉은 깃발이 휘날리고 있었다. 처녀는 큰 상실감에 그만 바닷가 언덕에 올라가 뛰어내리고 말았다. 사실 그 배에는 괴물을 물리치고 돌아오는 청년이 있었다. 붉은 깃발은 괴물과의 싸움에서 물든 핏물 때문이었다.

괴물과 싸우다가 멀쩡하게 돌아오긴 쉽지 않다. 어딜 다쳐도 다칠 것이다. 만약 청년이 말을 조금 달리 하여 ‘다치거나’ 이 한 마디를 더 붙여 말했더라면 처녀는 붉은 깃발을 보고 청년이 죽은 것이 아닌 다친 채 돌아오고 있다는 희망을 안고 배가 도착하기를 기다렸을 것이다. 청년의 말은 다칠 수도 있다는 것을 배제한 살거나 죽거나 뿐인 흑백논리의 말이다. 청년은 사랑하는 처녀를 위해 죽음을 무릅쓰고 괴물과 싸웠지만, 처녀는 청년이 한 말로 인해 죽었다.

사랑하는 사람에게 빨리 소식을 전해주고 싶어서 한 말이 사랑하는 사람을 죽게 했다. 처녀에겐 청년의 말이 괴물이었다.

청년의 불행이 여기서 끝나지 않을 것이다. 청년이 처녀가 죽은 이유가 "내가 죽으면 붉은 깃발을 달고 오겠소."라는 말 때문이란 걸 모르기 때문이다.

우리는 가끔 이분법적인 사고로 상황을 제대로 바라보지 못할 때가 있다. 세상은 흑백으로 명확하게 나눠지지 않는다. 그럴 수만은 없는 다양한 사람들과 상황들이 존재한다. 매순간 분명하게 나뉜 선택지 앞만 서게 되지 않는다.

우리가 스스로의 모습을 돌아봐야 하는 이유가 여기에 있다. 지난 시간 안에서 내가 왜 실수를 했는지 어떤 잘못을 했는지 다시 한번 되돌아보지 않으면, 또 다시 같은 실수나 행동을 하게 된다. 이러한 상황 속에서 슬퍼하지 말라는 이야기가 아니라, 왜 그런 일들이 일어났는지 그리고 어떤 방법으로 개선하고 극복하여 나아갈 수 있는지 생각해봐야 한다.

세상을 살아가며 우리가 만나고 싸워야 할 수많은 괴물들 중 하나는, 결국 우리의 사고이지 않을까?

이제까지 보이지 않던
나비들이 보이기 시작했다

나비: 나비목에 속하는 곤충으로 낮에 활동하는 무리를 통틀어서 일컫는 말이다. 나비 이외의 나비목 곤충을 나방이라고 한다. 세계 2만 여종의 나비 중에서 우리나라에는 250여 종이 있다. 아름다운 나비가 많이 사는 곳은 아프리카, 남아메리카, 아시아 열대 지방이다.

"선생님, 그 나비 찾아왔어요?" 옆에 앉아 있던 숲 해설가님이 물었다. "네? 무슨 말씀이에요?"라고 대답하는 순간, 번쩍 머릿속에 떠올랐다. 어제 산책로에 모시나비 한 마리가 떨어져 있었다. 퇴근하는 길이라 줄무늬가 있는 하얀 모시나비를 회양목나무 아래 숨겨 두었다. 서둘러 모시나비를 숨겨 놓은 곳으로 갔다. 나뭇잎을 들추자 모시나비가 그대로 있었다.

요즘 나비 사진 찍는 재미에 빠져있다. 앉아 있거나 날아다니는 나비를 관찰하기보다 사진을 찍으면 더 잘 관찰할 수 있기 때문이다. 나비의 무늬와 몸의 무늬와 발과 더듬이 등 모두 세세하게 보여 감탄할 때가 많다.

활짝 핀 붓꽃에 앉아 있는 제비나비를 발견하곤 휴대폰을 꺼내 든다. 숨을 죽이고 휴대폰을 조심조심 제비나비 가까이 내민다. 제비나비가 휙 날아가 버린다. 나비를 향해 숨도 쉬지 않고 휴대폰을 내밀었지만 나비가 날아 가버렸다. 휴대폰으로 나비 사진을 찍는 일은 쉬운 일이 아니었다. 나비 사진 찍기를 거의 포기했을 즈음이었다. 화단에 팔랑나비가 떨어져 있었다. 팔랑나비는 팔랑팔랑 날아서 팔랑나비라 부르는데, 내가 사진을 다 찍을 때까지 꼼짝 않고 있었다. 이때부터 떨어져 있는 나비를 찾기 시작했다. 이제까지 보이지 않던 나비들이 보이기 시작했다. 가는 물결무늬 날개에 동그란 눈알 모양이 박혀 있는 물결나비, 물결나비보다 조금 작은 애물결나비, 배추흰나비가 떨어져 있었다. 또 팔랑나비류와 호랑나비외 아랫입술 수염이 뿔처럼 머리 앞으로 튀어나와 있는 뿔나비가 떨어져 있었다. 나비 도감을 찾아보고 사진을 찍었다. 내가 나비 사진을 찍는 것을 본 한 숲 해설가님이 배노랑물결자나방을 갖다 주기도 했다. 수년 동안 수목원에 드나들었지만 떨어져 있는 나비를 본 적이 없었는데, 찾기 시작하니 풀잎 아래 혹은 활짝 핀 꽃 아래에 떨어져 있는 나비가 보였다.

우리는 보이는 것을 보는 것이 아니라 보고 싶은 것을 본다더니, 정말 그랬다. 봄날 활짝 핀 노란 수선화 꽃을 바라볼 때 우리의 망막에 노란 수선화 꽃만 맺히는 것이 아니다. 수선화의 초록 잎과 수선화가 뿌리를 내리고 있는 흙과 수선화 옆에서 있는 풀들과 자잘한 돌멩이들이 함께 망막에 맺히지만, 우리는 수선화 꽃만 본다. 노란 수선화 꽃 이외의 것은 아무런 의미가 없는 것일까. 수선화의 초록 잎이 없었다면 수선화는 꽃을 피우지 못했을 것이다. 땅속의 뿌리가 없다면 수선화가 노란 꽃을 피우지 못했을 건데 왜 우린 바라보려고 하지 않을까.

수선화 꽃을 보듯 보고 싶은 것만 보고 내 삶의 수선화 초록 잎과 땅속뿌리 같은 것들 대충 넘겨버린 것들이 있다. 어린 아들과 딸이 울 때 "울지 마."라던가 어떤 노래 가삿말처럼 "울면 안 돼."라며 넘겨 버린 일. "왜 울어?"라는 말을 했지만 왜 우는지 묻는 말이 아니라 운다고 타박하는 말이었고 울지 말란 말이었다.

수선화 초록 잎과 뿌리는 안 봐도 되고 못 봐도 그만이지만, 어린 아들과 딸의 속마음은 들여다 봐야 했다. 수선화 꽃 보듯 자녀의 웃는 모습만 바라보려고 한 나, 엄마일까. 미안하다는 말로 씻어지지 않을 아픔을 주고 만 엄마. 이제라도 널 어루만져야 겠기에 엄마 손 약손을 들고 간다. 나비 찾으러 가듯 네게로 간다.

직박구리와 까치,
누가 길고 누가 짧을까

직박구리: 직박구리과에 속하는 조류이다. 몸길이는 약 28cm이다. 머리와 등은 푸른색을 띤 회색이며, 날개는 회갈색이다. 눈 뒤로 밤색의 반점이 있다. 전국에 서식하고 세계적으로는 일본, 타이완, 필리핀 등에 분포한다. 울음소리가 매우 시끄럽다.
까치: 까마귀과에 속하는 조류이다. 몸 전체 길이는 46cm이다. 윗면은 푸른 광택이 있는 검은색이고 배는 흰색이다. 어깨에는 흰색 반점이 있다. 날 때 흰색의 날개깃이 뚜렷하게 보인다. 도시와 농촌 등 평지에 살며 우리나라 대표적인 텃새이다.

"까악, 깍깍!" "빽빽빽!" 새소리가 들린다. 이렇게 시끄러운 새소리를 들어본 적이 없다. 새소리가 나는 곳을 바라본다. 느티나무 위에서 새 두 마리가 싸운다. 날개를 펄럭거리며 서로 부리로 쫓고 쫓는다. 자세히 보니 직박구리와 까치다. 처음 보는 새 싸움이라 꼼짝 않고 지켜본다.

직박구리 몸길이는 28cm이고 까치는 46cm다. 이 둘이 싸우면 누가 이길까. 몸집이 큰 까치가 이길 것 같지만 도망갔다. 직박구리는 신경이 곤두서거나 화가 나면 귀깃이 곤두서는데 조폭이라는 별명을 가진 호전적인 성격의 새다. 길고 짧은 것은 대봐야 안다. 직박구리가 저보다 몸집이 큰 까치에게 질 것이라고 여겼다면 까치에게 빽빽대며 달려들지 않을 것이다. 까치를 쫓아내고 느티나무를 차지한 직박구리. 느티나무 주위를 빙 돈다.

한 고승이 스님들에게 지팡이를 땅바닥에 놓고 손가락으로 가리키면서 말했다. "이 지팡이를 도끼나 톱을 사용하여 자르지 말고 또 손을 대지 말고 짧게 만들어 보아라." 스님들은 머리를 싸매고 생각해도 지팡이를 짧게 만드는 방법을 알아낼 수 없었다. 그때 한 스님이 "제가 해보겠습니다."라고 말한 뒤 어디론가 가버렸다. 한참 후에 나타난 스님이 나뭇가지 하나를 지팡이 옆에 내려놓았다. 스님이 내려놓은 나뭇가지는 지팡이보다 길었다. 고승은 빙그레 웃으며 말했다. "길고 짧은 것은 없다. 길고 짧은 것은 상대적인 것이다." 긴 것을 더 긴 것과 비교하면 짧은 것이 되고, 짧은 것을 더 짧은 것과 비교하면 긴 것이 된다. 고승의 지팡이는 지팡이일 뿐, 긴 지팡이도 짧은 지팡이도 아니다.

길고 짧은 것은 대봐야 한다는 말은 뭔가를 하기 전에는 할 수 있을지 할 수 없을지 알 수 없다는 말로 지레 겁먹지 말고 해보라는 뜻이다.

까치에게 대들던 직박구리처럼 무작정 백 일 동안 백 장의 글쓰기 프로젝트에 지원했다. 백 일 동안 백 개의 글을 써도 나고 못 써도 나다. 길고 짧은 것 대보지 않아도 나다. 길어도 나고 짧아도 나다. 내가 직박구리에게 진 까치면 어떤가. 직박구리가 차지한 것은 고작 느티나무 한 그루다. 직박구리와 싸우던 까치는 느티나무 한 그루를 차지하려고 악을 쓸 필요가 없다고 생각했을 수도 있다. 직박구리가 느티나무 한 그루를 소유하고 느티나무를 지키려고 주위를 맴돌 때 까치는 소나무에서 상수리나무로 상수리나무에서 물푸레나무로 날아다니며 이곳의 모든 나무를 누린다. 까치와 직박구리 중 더 많은 나무를 누리는 건 건 까치다.

만약 내가 새 싸움을 지켜보던 그때, 직박구리가 알에서 갓 깨어난 아기 새를 돌보는 중이었다면 이야기가 달라질 것이다. 까치는 느티나무를 지키기 위해서가 아니라 새끼를 지키기 위해 무슨 수단을 써서라도 까치를 쫓아내야 했다.

소유하기보다 누리는 삶에 초점을 맞출 때 풍요롭게 살아갈 수 있을 것 같지만, 다른 이의 삶을 두고 길고 짧다는 말할 수 없다. 우린 각자에게 무슨 절박한 사유가 있는지 모른다.

느티나무의 멋이
꽃도 열매도 아니듯

느티나무: 느릅나무과에 속하는 식물이다. 전국의 산기슭, 골짜기에 자라는 낙엽 큰키나무로 정원수나 가로수로 많이 심는다. 목재는 단단하여 연장의 손잡이나 고급 가구재로 쓰이며 절을 지을 때 건축재로 사용한다. 우리나라 전역에서 자라며, 중국 동부, 타이완, 일본 등에 분포한다. 예전에 마을 입구에 당산목으로 많이 심었다. 노거수가 많다.

오래된 느티나무는 웅장하고 멋스럽다. 옛날 사람들은 느티나무 앞에서 절을 하며 소원을 빌었던 만큼 신성스럽기도 하다. 근데 느티나무는 덩치에 비교해 끝가지는 매우 가늘다. 나무의 끝가지가 굵을 필요가 없는 이유는 꽃이 자잘한 모래 알갱이 만한데다가 열매 또한 보리쌀 눌러 놓은 듯 얇고 납작하기 때문이다. 느티나무의 가느다란 가지는 덩치를 더 우람하게 돋보이게 해준다. 가지가 굵고 덩치까지 굵으면 그야말로 투박할 것이라 우아하고 웅장한 멋을 가질 수 없을 것이다.

　사람들은 날마다 오가며 인도에 서 있는 느티나무를 보지만 꽃이 어떻게 생겼는지 모른다. 심지어 느티나무가 꽃을 피우지 않은 줄 아는 사람들도 있다. 벚꽃이나 장미꽃이 피면 사람들이 몰려와 바라보며 웃고 떠든다. 벚꽃이나 장미꽃은 식물계의 아이

돌이다. 벚나무의 멋은 팝콘 터지듯 화르르 피어나는 꽃이고 장미의 멋은 겹겹의 화려한 꽃잎과 향이다. 미인박명이란 말이 나무도 해당이 된다. 화려한 꽃을 피우는 나무는 대체로 수명이 길지 않다. 느티나무는 화려한 꽃을 피우지 않는 대신 오래 산다. 옛날 정자목으로 동네 어귀마다 심겨 있던 느티나무는 오륙백 년 된 것도 많다. 이렇게 오래 산 나무에는 연륜이 묻어있다. 사방으로 뻗은 가지에는 당당함과 기품이 서려 있다.

느티나무는 수백 년 동안 살아오면서 자신의 멋이 꽃이 아니라 자신 자체에 있다는 것을 알게 되었을 것이다. 벚나무와 장미나무와 느티나무의 멋이 각각 다르듯, 우리의 멋도 사람마다 다르다.

우리가 겉모습으로 화려하지 않다고 해서 우리가 아름답지 않은 것은 아니다. 느티나무가 그 자체로 아름답듯 우리도 우리에게 아름다운 면이 있다. 사람들은 자신의 아름다움을 발견하고 그것을 즐기는 사람을 보고 아름답다고 느낀다. 아름다운 사람이 되려고 애쓰지 말자. 우리는 충분히 아름답다. 우리 각자가 자신의 아름다움을 찾아내지 못했을 뿐이다.

느티나무 열매가 납작 보리쌀만하지만 느티나무의 우아하고 웅장한 멋을 가리지 않는다. 도리어 멋을 배가 시킨다. 우리가 살아가는 일상을 하찮게 여기지 말자. 우리 모두는 자신이 할 수 있는 한 최선을 다해 살고 있다. 그러니까 살아있는 한 우리는 느티나무 명화가 되어가는 중이다. 아무리 고흐의 그림이라 할지라도 완성되기 전에는 명화가 아니었지만, 완성된 고흐의 그림은 명화였다. 당시의 사람들의 인정과 상관없이.

우리가 밥을 먹고 밥을 먹기 위해 일하는 것도 우리를 명화로 만드는 일이다. 다른 사람들과 만나 서로 이야기하는 일이나 바람에 부는 풀잎을 바라보는 것 같은 소소한 일도 우리를 명화로 만드는 중요한 요소이다.

우리의 삶에 대한 태도와 다른 사람을 대하는 방식과 우리의 가치와 그 가치를 실천해 나가는 과정이 한데 어우러져 우리는 명화가 된다. 느티나무의 멋이 꽃도 아니고 열매도 아니듯, 우리의 멋도 우리가 피워낸 꽃이나 일궈낸 열매가 아니고 우리 삶 그 자체다. 그렇다. 평범한 일상을 살아가는 한폭의 명화로 되어가는 중이다. 어쩌면 이미 완성된 명화일 수도 있다. 그래서 우리에게 필요한 것은 명화를 알아보는 안목이자 노력이다.

산수국이 가진 두 가지 꽃잎

산수국: 범의귀과 식물이다. 계곡이나 산기슭의 바위틈에서 높이 0.5~2m쯤 자라는 낙엽 활엽 작은떨기나무이다. 열매는 9~10월에 맺힌다. 우리나라 경기도, 강원도 이남에 난다. 관상용으로 심으며, 잎과 뿌리를 약용한다. 털산수국, 털수국이라고도 한다.

통일신라 석실 고분에서 발굴된 여자 토용의 머리는 쪽머리이다. 쪽머리는 삼국 시대부터 고려 시대를 거쳐 조선 시대까지 모양이 조금 변화했지만, 현대까지 이어지는 머리 모양이다. 길거리에 나가면 가지각색의 머리 모양을 한 사람들을 볼 수 있다. 머리카락 색깔도 다양하지만 그것만으로 그 사람이 결혼했는지 독신인지 알 수 없다.

반면 조선 시대는 여자가 결혼했는지 아닌지 머리 모양으로 알 수 있었다. 여자가 결혼할 때부터 쪽머리를 해야 했기 때문이다. 또 댕기로도 조선 시대에는 늙은 여자인지 젊은 여자인지 혹은 남편을 잃은 여자인지도 알 수 있었다. 젊은 여자는 붉은 자색 댕기를, 노인은 검은 자색 댕기를 하고, 남편을 잃은 여자는 검정색 댕기를 하였기 때문이다.

한복을 입을 때는 쪽머리가 단연 최고의 머리 모양이다. 쪽머리보다 한복의 우아함과 풍성함을 살려주는 머리 모양이 없기 때문이다. 조선 시대에는 여자들이 왜 쪽머리를 하고 실아야 했을까? 이는 가부장제의 산물로 남자들이 자신의 아내를 다른 남자들이 넘보지 않도록 하기 위한 방편이었다. 조선 시대 쪽머리의 용도가 서양의 정조대와 비슷하다는 생각이 든다.

조선 시대 여인들이 쪽머리 하듯, 쪽머리를 하고 결혼 소식을 알리는 식물이 있다. 그 식물은 바로 **산수국**이다. **산수국**은 두 가지 꽃잎으로 이루어져 있다. 안 쪽엔 아주 작은 꽃잎을 가진 꽃들이 있고 가장자리에는 크고 아름다운 꽃잎으로 된 꽃이 있다. 크고 화려한 꽃잎으로 된 꽃은 암술과 수술이 없는 무성화로 가짜 꽃이다. 안 쪽에 자잘한 꽃잎으로 된 꽃은 암술과 수술이 있어 열매를 맺는 진짜 꽃이다. 진짜 꽃이 너무 작기 때문에 곤충들이 잘 찾아오지 않을 수 있다. 곤충들도 안다. 꽃이 작으면 꿀과 꽃가루도 조금 있는 것을, 꿀이 많아 보이게 하려고 **산수국**은 가짜 꽃을 크게 만든다. 그러니 진짜 꽃이 수정되고 나면 가짜 꽃은 제 역할을 다 한 것이다. 제 역할을 다한 가짜 꽃은 고개를 아래로 숙인다. 가짜 꽃은 고개를 숙여서 내겐 꿀과 꽃가루가 없으니 쓸데없이 힘 빼지 말고 다른 꽃으로 가라고 곤충들에게 알려준다. 참 친절한 꽃이다.

조선 시대 여자의 쪽머리는 남자들에게 이 여자에게 남편이 있으니 넘보지 말란 뜻이었으니, 어쩌면 남자들에겐 아주 친절한 머리 모양이었다. 그럼 여자에게도 친절한 머리 모양이었을까. 아니다. 쪽머리는 여자가 스스로 선택할 수 있는 머리 모양이 아니었다. 요즘 평생 쪽머리만 하고 살고 싶은 여자가 있겠는가. 옛날 여인들도 선택할 수 있었다면 평생 쪽머리를 하고 살지 않을 것이다.

요즘 여자들이 자신의 혼인 혹은 배우자의 여부에 따라 표시를 하고 다니는가. 쪽머리가 아름답기는 하지만 옛 여인들에겐 선택의 여지가 없었다. 쪽머리는 여자를 억압하는 도구 중 하나였다. 요즘 여자들이 쪽머리를 하는 것은 자신을 돋보이려고 스스로 선택한 것이다. 같은 쪽머리지만 현대 여성들과 조선 시대 여성의 쪽머리는 성격이 완전 다르다.

식물은 꽃잎을 되도록 넓게, 냄새는 향기롭게, 색깔은 빨갛게 혹은 곤충이 좋아하는 색으로 만든다. 수분을 끝내면 식물은 꽃잎을 떨군다. 동백꽃은 꽃잎이 시들기도 전, 싱싱할 때 떨어진다. 꽃잎을 만드느라 많은 비용을 들였지만 일회용이다. 수분한 후에 **산수국** 진짜 꽃잎은 시들어 떨어지지만, 가짜 꽃은 떨어지지 않는다. 일회용이 아니라 다회용이기 때문이다. **산수국**의 가짜 꽃은 진짜 꽃이 수분하도록 도와준 후에도 쉬지 않는다. 이젠 씨앗을 맺는 데 조금이라도 보탬이 되려고 가짜 꽃은 초록색으로 변하여 광합성을 한다. 비용을 적게 들이면서 이익을 많이 남기는 경제원칙대로 **산수국**은 살고 있다.

그럼 우리는 경제원칙대로 살까? 우리가 말하는 경제원칙은 누구를 기준으로 한 것일까? 개인에게 초점을 맞춘 경제원칙과 사회 전체에 초점을 맞춘 경제원칙은 서로 다를 수 있다. 예를 들면, 우리는 일회용품을 많이 쓴다. 종이컵, 물티슈, 기저귀, 비닐봉지 같은 비닐제품 등 일회용품의 가격이 비싸지 않기 때문에 그야말로 한번 쓰고 버리는 것들이 많다. 우리 개인에겐 일회용품을 쓰는 것이 경제원칙에 맞는 것일 수 있다. 우리가 집에서 음식을 만들고 설거지하고 청소하는 데 많은 시간과 에너지가 든다. 대신 음식을 담아온 일회용기뿐 아니라 기타 일회용품을 사용하고 버리면 시간과 에너지를 절약할 수 있다. 이렇게 절약한 에너지를 다른 일, 하고 싶은 일이나 돈을 버는 일을 할 수 있다.

2022년 11월 23일자 "바다를 뒤덮은 일회용품 쓰레기... 치울 수가 없어요."라는 기사에는 통영에서 배로 15분 거리에 있는 학림도에서 바다 쓰레기를 수거한 이야기가 실려있다. 자원봉사자 20여 명이 3시간 동안 수거했는데, 그 양이 4,000리터나 된다고 한다. 이렇게 쓰레기로 몸살을 앓는 지역이 학림도뿐만이 아니다. 이 기사는 개인에게 좋은 경제원칙이 사회 전체의 경제원칙에서도 좋지 않게 작용하는 것을 보여주는 뉴스다. 개인이 저비용으로 편하게 살려고 일회용품을 많이 소비하다 보니 지구가 쓰레기로 몸살을 앓는다.

우리 인류는 경제원칙을 모른다. 안다면, 지구가 쓰레기로 몸살을 앓는 일은 있을 수 없다. 우리 인류가 경제원칙에 따라 살 수 있을까? 그래서 지구가 쓰레기 몸살에서 벗어나는 날이 올까? 몇몇 개인은 일회용품을 사용하는 것을 자제할 수 있겠지만, 모든 사람이 그렇게 살 수 없다. 그래서 나는 그날이 온 것이라고 기대하지 않는다. 산수국의 재활용하는 지혜가 부러울 뿐이다.

야고가 꽃을 피우면
억새도 함께 웃는다

억새: 벼과의 여러해살이풀이다. 높이 1~2m에 이른다. 뿌리줄기는 굵으며 옆으로 뻗는다. 잎은 밑부분이 원줄기를 완전히 둘러싸고 폭 1~2cm로서 선형이며 흰색 가운데 잎맥이 뚜렷하다. 잎 가장자리에는 딱딱한 잔 톱니가 있어 잘못 만지면 손을 벨 수도 있다.

야고: 열당과의 식물로 갈대에 기생한다. 줄기는 매우 짧아 땅 위에 거의 나오지 않는다. 녹색 잎은 없고, 적갈색 비늘조각 몇 개가 어긋나게 붙어 있다. 꽃은 8~9월에 줄기에서 난 길이 10~20cm의 꽃자루 끝에 1개씩 옆을 향해 달리며, 담뱃대를 닮은 분홍색 꽃이 핀다. 담배더부살이라고도 한다.

식물은 스스로 에너지를 만들기 때문에 생산자이자 평화의 생물이라 한다. 과연 식물이 평화주의자일까? 아니다. 식물은 햇빛을 더 많이 받으려고 다른 식물과 경쟁하기도 하고 아예 다른 식물에 붙어서 양분과 물을 빼앗아 먹기도 한다. 이런 식물을 기생식물이라고 한다. 식물도 살아남기 위해 치열하게 산다.

대구수목원 제1주차장에서 수목원을 바라보면 계단이 보인다. 이 계단 오른쪽 밑 억새 사이에 해마다 야고 꽃이 핀다. 분홍색 야고 꽃은 억새 사이 땅바닥에 솟아있는데, 담뱃대를 닮았다. 그래서 담뱃대더부살이라고도 한다. 겨우살이는 잎과 줄기가 있어 광합성을 하는 반기생식물이고, 야고는 전기생식물로 숙주의 물관과 체관까지 침투해서 영양분과 물을 빨아 먹는다. 야고의 잎과 줄기는 퇴화하여 매우 짧아 땅 위로 올라오지 않는다.

억새 무리 사이 야고의 분홍 꽃이 피면 사람들은 예쁘다고 사진을 찍어댄다. 억새는 야고 없이도 살 수 있지만, 야고는 억새 없이 살 수 없다. 야고에게 품을 내주는 억새 같은 사람들이 있어 이 세상은 살 만하다.

이러한 억새와 야고의 모습과 같은 사람의 이야기가 있다. 뇌병변·지체·지적장애인 정고은 씨는 전동휠체어 구입 비용을 지원받는 데 5년이나 걸렸다고 한다. 부모가 세 살 때 정고은 씨를 뇌병변 장애 아이들이 기거하는 시설에 버리고 갔고, 그렇게 정고은 씨는 27년을 시설에서 살았다. 정고은 씨는 매일 먹고 자고 또 자고 먹는 삶이었다. 여행은 1년에 한 번 정도, 자유로운 외출은 없었다. 정고은 씨에게는 먹고 싶을 때 먹고 나가고 싶을 때 나가고 가고 싶은 곳에 갈 수 있는 자유가 필요했다.

정고은 씨가 전동휠체어를 구입하기 위해 강서구에 장애인이 보조기구를 구매할 때 지원해주는 보조금을 신청했지만 강서구는 거절했다. 전동휠체어를 다른 사람의 도움 없이 안전하게 작동할 수 있는 경우로 한정하는 규정 때문이었다. 혼자 움직이지 못하는 중증장애인에게 보조를 해주지 않는 것은 부당하다고 정고은 씨와 활동지원사는 소송을 했다. 이렇게 정고은 씨가 강서구에 전동휠체어 보조금을 신청한 후, 법원에서 판결을 받고 보조금을 지급받기까지 5년이 걸렸다고 한다. 정고은 씨 혼자였다면 이 일을 해내지 못했을 것이다. 억새가 야고를 도와주듯, 정고은 씨가 보조금을 지급 받을 수 있도록 도와 준 이들이 있었기 때문이다.

정고은 씨가 시설에서 나오기까지, 전동휠체어 보조금을 지급받기까지 다른 사람의 도움이 필요했듯 앞으로 생활하는 데도 누군가의 도움이 때때로 필요할 것이다. 억새와 같은 사람들 말이다. 정고은 씨가 삶을 잘 영위해 갈 수 있도록 도움을 주는 사람들은 정고은 씨를 염치없는 사람이라고 생각하지 않는다. 도움이 필요해서 도와주는 것일 뿐.

억새도 야고에게 도움이 필요해서 도와주는 것일 뿐, 야고가 양분과 물을 뺏어가는 못된 식물이라고 할 것 같지 않다. 정고은 씨가 활짝 웃으면 도움을 주는 사람들도 웃는 것처럼 억새도 야고가 꽃을 피우면 야고와 함께 웃지 않겠나? 사람이 야고를 기생식물이라고 낙인을 찍었지, 억새가 낙인찍은 것이 아니잖는가? 억새는 옆에 야고가 있어서 예쁜 꽃을 볼 수도 있고 웃을 일이 더 많지 않겠나? 억새와 야고가 서로 도움을 주고 받는 관계가 아니라 그냥 함께 살아가는 것일 수도 있겠다. 우리도 장애인을 도와준다고 생각하기보다 함께 살아가는 것이라고 생각해야 하지 않을까?

제비꽃의 씨앗 작전,
바로 다다익선

제비꽃: 제비꽃과에 속하는 식물로 여러해살이풀이다. 오랑캐꽃이라고도 한다. 자주색으로 피는 꽃이 핀다. 옆으로 달리는 꽃잎에 털이 있고, 잎자루 위쪽에 날개가 있다. 어린잎을 식용한다. 제비꽃 종류는 806종이 있는데 우리나라에는 50종이 넘는다고 한다.

제비꽃은 흰제비꽃, 콩제비꽃, 남산제비꽃, 노랑제비꽃, 알록제비꽃 등 30여 종이 있다. 제비꽃은 오랑캐꽃이라고도 부른다. 오랑캐가 쳐들어올 때 피어서 붙은 이름이라 한다. 대구수목원에서 자연지도자로 자원봉사를 시작한 지 얼마 되지 않을 때, 내가 직접 키워봐야 식물에 대해 더 잘 알 수 있겠다는 생각이 들었다.

이른 봄날 길가 보드블럭 사이에 있는 제비꽃을 뽑아와 화분에 심었다. 어느 날 보라색 제비꽃들이 피어났다. 꽃이 지고 씨앗 꼬투리가 생겼다. 씨앗 꼬투리가 터지고 씨앗들이 날아갔다. 몇 달이 지난 베란다에 나갔는데 제비꽃이 눈에 들어왔다. 어? 제비꽃 이파리 사이 꽃봉오리들이 보였기 때문에 좀 놀랐다. 앞에 앉아서 살펴보니, 꽃봉오리도 있고 씨앗 꼬투리가 맺힌 것도 있었다. 제비꽃이 핀 것을 본 적이 없는데, 씨앗 꼬투리가 달려있다니! 이날 이후 매일 베란다에 나가 제비꽃을 관찰했다. 며칠 뒤 새로운 꽃봉오리들이 또 올라왔다. 꽃이 활짝 피기를 기다리며 매일 베란다에 나갔다. 꽃이 필 기미가 보이지 않아 꽃봉오리를 만져보았다. 꽃봉오리 속에서 작은 씨앗이 자라고 있었다.

꽃봉오리가 열리지도 않았는데 씨앗이 맺히다니. 이럴 수도 있나 궁금해서 제비꽃에 관한 자료를 찾아보았다. 제비꽃은 개방화(열린 꽃)와 폐쇄화(닫힌 꽃)를 함께 피우는 식물이었다. 개방화는 꽃잎이 활짝 열려있어 수술과 암술이 드러나 있는 꽃을 말하고 폐쇄화는 꽃잎이 열리지 않고 자가수분을 해서 수정을 하는 꽃을 말한다.

식물이 폐쇄화를 만드는 이유는 건조하거나 기온이 낮거나 햇빛이 부족하거나 환경이 좋지 않을 때 씨앗을 만들기 위한 방편이다. 제비꽃은 여름에 꽃을 피우면 씨앗이 채 익기 전에 겨울이 올 것이란 걸 알고 있었다. 그래서 꽃을 피우지 않고 꽃봉오리 속에서 자가수분을 하는 것이다. 자가수분한 씨앗은 타가수분한 씨앗보다 유전자가 단순하여 환경변화에 취약하다. 제비꽃 입장에선 이런 씨앗이라도 많이 만드는 게 후손을 퍼뜨리는 데 유리하다.

우리나라는 곧 초고령사회가 된다고 한다. 옛날 농업 시대엔 자녀가 많으면 노동력이 많아 다다익선이었지만, 오늘날 사회에선 그렇지 않다. 아이 한 명 키우는 데 너무나 많은 힘과 비용이 들기 때문이다.

요즘 사회의 많은 청년들이 비혼을 선택하거나 결혼을 해도 아이를 갖지 않으려는 이유가 뭘까? 이들 이유는 다 같다. 그렇게 했을 때 행복하게 살 수 없을 거라 생각하기 때문이다. 자녀가 있는 것 혹은 자녀가 많은 것이 결코 좋기만한 일이 아닐 수 있다. 말하자면 행복을 가져주지 않을 확률이 더 높다는 말이다. 제비꽃의 씨앗 작전, 다다익선이 이 시대의 인간에겐 해당이 되지 않는 것 같다.

세상에서 가장 큰 꽃은
타이탄 아룸?

타이탄 아룸: 타이탄 아룸은 천남성과 식물로 열대지방에 사는 여러해살이 풀이다. 시체 썩은 냄새가 나서 시체꽃이라고 한다. 수많은 작은 꽃들이 모여 핀 거대한 꽃대가 한 송이의 꽃처럼 보인다. 꽃대는 3m까지 자란다. 자가수정을 막기 위해서 암꽃이 핀 후 1~2일이 지나면 수꽃이 핀다. 36도의 열을 발산하여 상승기류를 만들어 냄새를 멀리까지 풍긴다.

EBS 다큐멘터리 〈녹색동물〉에 타이탄 아룸이란 식물이 나온다. 타이탄 아룸은 세계에서 가장 큰 꽃이다. 타이탄 아룸의 꽃은 얼마나 클까? 꽃 길이는 3m, 너비는 1.5m다. 어떻게 해서 이런 큰 꽃을 피울 수 있었을까? 한 마디로 매년 꽃을 피우지 않기 때문이다. 타이탄 아룸은 7년에서 9년 정도 영양분을 모은 후 꽃을 피운다. 이때 다 자란 알뿌리는 직경이 1m, 무게는 100kg이나 된다.

다큐멘터리를 통해 타이탄 아룸을 볼 때, 역도 선수가 머릿속에 떠올랐다. 역도 선수는 다리 앞에 수평으로 놓여있는 바벨을 손바닥을 밑으로 향하게 하여 잡는다. 그다음 다리를 구부리거나 벌려 한 번의 동작으로 바닥에서 머리 위까지 양팔이 쭉 펴지게 하며 무거운 바벨을 번쩍 들어 올린다. 이렇게 바벨을 들어 올리려면 역도 선수들도 오랫동안 몸집을 불리며 근육을 키워야 한다. 타이탄 아룸의 꽃이 지는 모습도 역시 역도 선수가 바벨을 머리 위로 들어 올렸다가 내려놓을 때의 반동과 흡사하다.

타이탄 아룸의 커다란 꽃이 지지직 소리를 내면서 꺾여 옆으로 넘어진다. 땅 아래로 툭 떨어져 내린다. 땅에 떨어져 내린 꽃이 반동으로 땅에서 튀어 오르다가 다시 땅으로 떨어져 내렸다가 다시 튀어 오르고 떨어져 내리기를 반복한다. 타이탄 아룸이 꺾여 떨어져 내릴 때는 아, 하는 탄식이 절로 튀어나온다. 수년 동안 공들여 피운 꽃인데, 딱 이틀 만에 시든다니.

우리가 역도 선수를 보며 안타까운 탄식을 내뱉을 때는 역도 선수가 바벨을 머리 위로 들어 올리지 못할 때다. 머리 위로 번쩍 들어 올린 바벨을 내려놓을 때 바닥에 떨어진 바벨이 반동으로 튀어 올랐다가 바닥에 떨어지기를 몇 번이나 반복해도 탄식을 하는 이는 없다. 목적을 달성했기 때문이다.

이와 마찬가지로 타이탄 아룸의 꽃이 꺾이면서 땅에 떨어져 내려도, 반동으로 다시 튀어 올라도 탄식할 필요가 없다. 타이탄 아룸도 꽃을 피운 목적을 달성했기 때문이다. 그걸 알면서도 꽃이 반동으로 튀어 올랐다가 땅에 떨어지는 것을 보면 왜 탄식이 터져 나오고 가슴이 저리는 걸까? 그건 수년 동안이나 공을 들인 꽃인데 너무 빨리 꽃이 지는 모습에 안타까움이 터져 나오는 것이다.

타이탄 아룸이 꽃을 3m나 높이 키운 것은 씨앗을 남기고 싶은 강한 열망 때문이다. 커다란 나무들이 가지마다 많은 이파리를 달고 있는 울창한 열대의 숲에서 키가 작으면 꽃냄새가 울창한 나무들 사이를 뚫고 멀리 나아가지 못한다. 그래서 꽃가루를 옮겨줄 곤충들이 냄새를 맡고 찾아오기 어렵다. 타이탄 아룸이 꽃냄새를 멀리 날려 보내려고 꽃을 거대하게 만든 것인데, 사실 우리가 꽃이라고 하는 것은 꽃이 아니라 꽃대다. 꽃대에 자잘한 꽃이 매우 많이 달려 있지만, 꽃대 아래에 꽃잎처럼 달린 불염포로 인해서 사람들 눈에 한 송이 꽃처럼 보이기 때문에 세상에서 제일 큰 꽃이란 이름을 얻었다.(사실 제일 큰 꽃은 자이언트 라플레시아로, 타이탄 아룸은 올림픽 경기에서 심판의 오심으로 1등이 된 선수 같다.)

살다 보면 우리도 어떤 문제를 해결할 때 한 가지 방법으로 해결할 수 없을 때가 있다. 이때는 다각도로 문제를 살펴보고 여러 가지 방법을 동원해야 문제를 해결할 수 있다. 타이탄 아룸도 마찬가지다. 높다란 꽃대에 꽃이 많이 달렸다고 해도 씨앗을 많이 남길 수 있다고 장담할 수 없다. 타이탄 아룸이 꽃향기를 멀리 날려 보내기 위해 꽃을 높게 키웠어도 바람이 불지 않으면 꽃가루를 멀리 날려 보내는 데는 한계가 있다. 타이탄 아룸은 바람이 불어오길 기다리지 않고, 꽃냄새를 멀리 날려 보내줄 바람을 스스로 만들었다. 대체 어떻게 바람을 만들어 냈을까?

타이탄 아룸의 진짜 꽃은 불염포 안 쪽에 거대한 연두색 기둥에 달려있다. 기둥 아래쪽에는 밑씨를 가진 자잘한 암꽃이, 그 위쪽에는 꽃가루를 가진 수꽃이 빽빽하게 달려있다. 타이탄 아룸은 높다란 꽃차례를 섭씨 36도의 열로 데웠고, 이로 인해 꽃차례를 타고 올라가는 기류가 생겨났다. 꽃냄새는 이 기류를 타고 멀리 날아갈 수 있게 되었다. 수분을 도와줄 곤충을 더 많이 불러 모을 수 있게 된 것이다.

타이탄 아룸은 높은 꽃대에 꽃을 많이 피웠다, 또 꽃냄새를 멀리 날려 보내줄 열과 바람까지 만들어내서 꽃냄새를 멀리 날려 보내더라도 곤충을 유혹하지 못하면 헛수고다. 타이탄 아룸은 여기서 만족하지 않았고, 씨앗을 남기기 위한 더 확실한 방법을 고안해 냈다. 바로 꽃냄새를 혁신한 것이다. 타이탄 아룸의 꽃 냄새는 시체 썩은 냄새가 난다. 타이탄 아룸이 왜 아름다운 향기를 두고 시체 썩은 냄새를 풍기는 걸 선택한 걸까? 타이탄 아룸이 사는 지역에는 향기로운 냄새를 맡고 찾아올 꿀벌이나 나비들이 많이 살지 않는다. 시체에 알은 낳는 파리나 딱정벌레들이 더 많이 산다. 파리나 딱정벌레를 불러 모으기 위해 썩은 시체 냄새를 풍기는 것이 더 효율적이다. 타이탄 아룸의 별명이 시체꽃인 이유가 여기에 있다.

만약 타이탄 아룸이 다른 꽃들을 따라 향기로운 냄새를 추구했다면, 파리나 딱정벌레를 불러 모을 수 없었을 것이라, 지금까지 생존하기 어려울 것이다. 타이탄 아룸은 파리와 딱정벌레를 불러 모으기 위해 시체 썩은 냄새를 만들었지만 안심이 되지 않았다. 파리와 딱정벌레가 멀리서 시체 썩은 냄새를 맡고 날아왔는데, 시체가 보이지 않으면 우왕좌왕하다가 돌아갈 수도 있기 때문이다. 그래서 시체 썩은 냄새를 맡고 찾아올 파리와 딱정벌레들을 붙들기 위해 전략 하나를 더 추가했다.

타이탄 아룸의 검붉은 꽃잎은 사실 잎이 변형된 것으로 불염포라고 한다. 불염포의 역할은 꽃차례를 보호하고 꽃가루를 옮기는 동물을 유인하는 것이다. 불염포의 검붉은색은 썩어가는 사체의 색깔과 비슷하다. 멀리서 시체 썩은 냄새를 맡고 찾아온 곤충에게 불염포는 “나 여기 있소.”라고 말한다. 곤충들이 고기 덩어리인 줄 알고 얼른 내려앉을 수밖에 없다. 이렇게 타이탄 아룸의 전략은 겹겹으로 치밀하다.

타이탄 아룸의 꽃이 피고 지는 과정을 보면서 어느 역도 선수가 떠올랐다고 했는데, 바로 장미란이다. 이는 장미란 선수가 출전한 아시안 게임, 올림픽 경기 등을 시청하며 그녀의 좋은 경기력과 태도를 보았기 때문이다. 장미란 선수의 남다른 점은 보통의 여성들이 추구하는 아름다움과는 전혀 다른 아름다움을 추구했다는 점이다. 그녀는 자신의 몸으로 할 수 있는 최대한 무거운 바벨을 들어 올리는 능력을 발휘했다. 우리나라 사람들은 물론 다른 나라 사람들까지 감탄한 그녀가 몸과 열정으로 피워낸 꽃. 무거운 바벨을 번쩍 들고 활짝 웃는 그녀의 모습은 아름다운 꽃이었다.

뉴욕식물원에서 1937년에 꽃을 피운 타이탄 아룸이 2016년에 꽃을 피웠는데 지독한 시체 썩은 냄새에도 불구하고 입장권이 금방 매진이 되었다. 사람들이 진짜 시체 썩은 냄새를 좋아할 리 없고, 또 시체 썩은 역겨운 냄새를 돈을 주고 맡으려는 사람이 있을까? 그럼에도 시체 썩은 냄새를 맡겠다고 입장권이 금방 매진된 이유가 무엇일까? 그것은 시체 썩은 냄새가 나는 꽃은 희귀하니까 그렇다. 다이아몬드가 바닷가 모래알처럼 많다면 누가 비싼 돈을 주고 사겠는가?

향기가 대세인 식물 세계에서 타이탄 아룸은 시체 썩은 냄새로 파리와 딱정벌레뿐만 아니라 인간의 인기까지 한 몸에 받고 있다.

우리가 콤플렉스라고 생각하는 것이 진짜 콤플렉스인지 아니면 나로 살게 해주는 것인지 점검해 볼 필요가 있다. 타이탄 아룸처럼 우리가 콤플렉스라고 생각하는 것이 우리의 개성을 표현하는 수단이 될 수도 있고, 이 세상을 충만하게 살아가는 데 필요한 것일 수도 있으니까.

붉게 익기 위해 버틴
대추나무의 열매 자루

대추나무: 갈매나무과에 속하는 관속식물이다. 산기슭 양지나 마을 근처에 나는 낙엽활엽 소교목 또는 관목으로 높이가 10m에 달한다. 한국, 중국, 만주, 몽골, 남유럽 등지에 분포한다.

대추의 원산지는 남유럽과 서아시아로 추정한다. 우리나라에 대추가 언제 들어왔는지는 정확히 알 수 없다. 고려 명종 때 대추나무 키우는 것을 권장한 것을 보아 이보다 훨씬 전에 들어온 것으로 보인다. 과실은 원예산물인데, 우리나라에서 대추는 임산물로 분류하여 산림청에서 취급한다.

숲 체험을 할 때 가끔 참여자들과 장석주 시인의 시 〈대추 한 알〉을 읽는다. 대추 속에는 씨앗 한 개뿐인데, 시인은 어떻게 대추 속에서 천둥과 벼락과 태풍과 땡볕과 초승달을 발견했을까? 참여자들은 대추 한 알이 저절로 붉어지지 않았다는 시인의 말에서 자신이 저절로 성장하지 않았다는 것을 알아차린다.

참여자들은 태풍이 몰아칠 때 마음이 어땠는지, 천둥과 벼락이 내리칠 때는 어떤 마음이었는지 생각해본다. 시 〈대추 한 알〉을 읽고 잠시 생각한 것뿐인데, 서로를 바라보는 참여자들의 눈빛이 깊어진다. 한 사람 한 사람 이야기를 할 때마다 들어주고 공감해주는 사람들, 눈물을 글썽이며 들어주는 사람들, 모두 대추나무를 살펴보는 눈길도 깊고 다정하다.

대추나무 잎에는 윤기가 돈다. 가지에는 가시가 달려있다. 꽃은 연녹색이라 눈에 잘 띄지 않는다. 대추 열매를 살펴보고 열매자루도 살펴본다. 열매자루는 실처럼 가늘다. 태풍이 불어와 대추 열매가 이리저리 내팽개쳐질 때 열매자루도 분명 이리저리 패대기쳐졌을 텐데, 열매자루가 가지에 떨어져 나가지 않기 위해 얼마나 악을 써며 버텼을까. 또 대추 열매를 놓치지 않기 위해 주먹을 얼마나 꽉 쥐고 버텼을까. 대추 열매자루도 몸 구석 어디 안 아픈데가 있겠나. 세상의 파도가 밀려올 때 떠내려가지 않기 위해, 우리도 몸을 불사르며 버텨내지 않았는가. 나이 들면서 여기저기 아프기 시작하는 것이 바로 그 증거가 아닌가. 대추 한 알도 기어이 붉게 익고 말겠다며 대추나무 가지를 붙잡고 버텨냈을 것인데, 흉터 하나 없다. 대추 한 알이 참 용하다.

지체장애 노인들과 숲 체험 수업을 할 때였다. 커다란 나무 아래에서 잠시 쉬어가기로 했다. 잠시 숨을 돌린 후 참여자들과 함께 시를 읽으며 이야기를 나눴다. 우리 각자는 자신이 겪었던 천둥과 벼락, 태풍을 이야기하며 공감했다. 서로 위로해주었다. 어릴 때 소아마비를 앓아 다리를 저는 분이 있었다. 이분은 만날 때마다 환하게 웃으며 큰 소리로 인사를 한다. 운동경기에서 우승한 선수 같은, 아니면 여러 커리어를 쌓고 성공한 사람처럼 목소리와 얼굴뿐 아니라 온몸에서 당당함이 흘러넘친다. 이 분에게 자신감이 있고 당당해 멋있다고, 어떻게 그럴 수가 있는지 물어봤다. 부모님이 다리를 저는 것은 잘못도 부끄러운 일도 아니니, 당당하게 살라고 하셨다고 했다. '대추씨 같다.'라는 속담은 이분을 두고 하는 말인 것 같다. 그 당시에는 무슨 죄를 진 것처럼 장애인 가족을 집안에 꽁꽁 숨기는 시대였는데, 당당하라고 가르친 부모님도 대추씨 같은 사람이다. 이 분의 남편에겐 이 분이 다리를 저는 게 보이지 않는다고 한다. 내 눈에도 그랬다. 이 분의 모습에서 다리를 저는 것 모습보다 자신감과 당당한 모습이 더 드러나기 때문이다.

대추나무의 꽃말은 '처음만남'이다. **대추나무**의 꽃말처럼 올해 처음 만난 사람 중에 두 사람이 내가 착하게 보인다고 했다. 장석주 시인이 〈대추 한 알〉 속에 든 태풍과 햇빛과 천둥과 벼락을 읽어낸 것처럼, 이 두 사람은 나를 보자마자 내 얼굴에서만이 아니라 내 속 구석구석 어디에도 당당함이 없다는 것을 읽어 낸 것이다. 그들의 눈에도 나는 대추씨 같은 사람이 아닌 것이다. 종종 나를 처음 보는 사람은 나를 보며 착한 사람이라 말하곤 하는데, 내 착한 얼굴은 태풍과 벼락과 천둥에 맞서지 못하고 도망간 결과이다. 소아마비를 앓은 분은 태풍과 천둥과 벼락, 즉 장애인을 바라보는 세상의 편견에 맞서서 힘껏 싸웠기 때문에 당당함이 온몸에서 흘러넘칠 것이고, 나의 착한 얼굴은 여러 상황에서 자신의 욕구나 감정을 표현하지 않고 억누르면서 살아온 결과물이다.

나의 착한 얼굴은 오랜 시간 동안 켜켜이 쌓여온 나이테 같은 것이라 벗겨내고 싶다고 벗겨낼 수 있는 것이 아니다. 다른 사람과 부딪히는 게 싫어서, 싫은 소리를 듣는 것이 싫어서 하지 않던 말을 어느 순간 마음을 먹는다고 술술 할 수 없다. 마음을 단단히 먹고 내 감정과 내 상황을 표현하려해도 입 안에서 맴돌뿐 말이 되어 입 밖으로 잘 나가지 않는다.

내가 나의 욕구나 감정을 다른 사람에게 표현하는 것이 서툴러 다른 사람들의 오해를 살 수 있겠지만, 오해가 생기더라도 나를 표현해야 한다. 다른 사람에게 나의 감정이나 욕구를 표현할 때마다, 다른 사람과의 관계에서 나의 부족함이 들어날 때마다 조금씩 얼굴의 착함이 열어질 것이다.

태풍과 벼락과 햇빛과 천둥과 달빛까지 끌어안으며 익는 대추와 달리, 내가 익으려면 나를 지키기 위해 켜켜이 쌓아온 착함이란 벽돌을 깨뜨려야 한다. 착함의 벽돌 위에선 당당하게 설 수 없다. 벽돌을 깨려다 도리어 나를 깨뜨릴라 겁먹지 말자. 깨지고 붙고 붙다가 깨지면서 마침내 대추씨 같아질 테니까.

냉이꽃도 자세히 보니
참 예쁘다

냉이: 십자화과에 속하는 관속식물이다. 햇볕이 잘 드는 공터, 길가에 자라는 두해살이풀이다. 뿌리는 곧고 흰색이다. 줄기는 곧추서며 높이 10~50cm로 가지가 많이 갈라진다. 꽃은 2~11월에 걸쳐 피며 흰색이다. 어린잎을 봄에 나물로 먹는다. 우리나라 전역에 나며, 전 세계에 분포한다.

어느 해 2월 햇빛이 쨍쨍한 날이었다. 바람은 쌀쌀맞은 날이었다. 대구수목원 약초원 양지쪽에 뭔가가 뿌옇게 흔들렸다. 발걸음을 옮겨 다가갔다. 허리를 구부리고 살펴보았다. 냉이꽃이었다. 냉이의 높이는 4~5cm 내외였다. 모두 실 같은 외줄기에 하얀 꽃송이들을 달고 바람에 흔들리고 있었다. 냉이는 많게는 대여섯 송이, 적게는 두세 송이 꽃을 달고 있었다. 이런 추운 겨울에 싹을 내고 꽃을 피우다니! 열매를 맺을 때까지 살 수 있을지 모르겠다. 나도 모르게 냉이 앞에 쭈그리고 앉았다. 이리 애처로운 것이 있나! 냉이꽃은 하얀 꽃잎 네 장이 노란 암술 한 개와 수술을 감싸고 있다. 참 앙증맞고 예쁘다.

나태주 시인이 말한 그대로, 냉이꽃도 자세히 보니 예쁘다. 무리 가운데 딱 한 송이 꽃을 달고 있는 냉이가 보였다. 높이가

1cm도 채 되지 않는 냉이. 이 작은 것이 얼마나 추울까? 걱정 어린 눈으로 바라보는데 바람이 분다. 냉이꽃들이 흔들린다. 한 송이 꽃을 피운 냉이도 다른 냉이와 함께 바람에 흔들린다. 나라면 자신이 초라하게 느껴져 쭈그러져 있을 것인데, 이 냉이에겐 그런 기색이 조금도 보이지 않는다. 하얀 꽃을 피운 실 줄기의 냉이들은 따뜻한 날들이 며칠 계속되었을 때 봄이 온 줄 알고 싹을 내밀었을 것이다. 2월은 아직 겨울이다. 언제든 눈이 올 수도 있기 때문에 냉이들은 겨울바람에 흔들리면서 얼어 죽을까 불안했을 것이다.

냉이는 50cm 높이까지 자랄 수 있다. 줄기는 곧게 자라 여리 갈래로 가지를 내민다. 냉이 꽃은 하얀색인데 가지마다 촘촘하게 많이 핀다. 냉이에겐 최대 50cm 높이까지 크고 싶은 욕망이 있을 것이다. 가지마다 다닥다닥 많은 꽃을 피우고 싶은 욕망도 있을 것이다. 하지만, 얼어 죽기보다 빨리 꽃을 피우고 씨앗 몇 개라도 남기는 것이 낫겠다고 판단했을 것이다. 냉이들은 자신의 유전자에 기록된 최대한의 역량을 발휘하는 것을 재빨리 포기했다. 추위와 싸워 이기고 씨앗을 남기려면 속전속결 작전이 최고의 방법이다.

꽃을 못 피운 냉이와 한 송이라도 꽃을 피운 냉이는 완전히 다르다. 그것은 꽃을 피운 경험이라는 큰 차이를 갖고 있기 때문이다.

오래 전 대구수목원 화단 앞이 아니라, 지금 여기서 글을 쓰고 있는 나를 돌아본다. 추운 겨울에 싹을 내민, 한 송이지만 꽃을 피운 냉이는 열매를 맺기만 하면 되는데, 내겐 꽃봉오리 흔적도 보이지 않는다. 인생의 봄날을 어떻게 보냈기에 꽃봉오리 흔적도 없는 걸까? 인생의 겨울을 맞은 내가 냉이처럼 꽃을 피우겠다고 낑낑대는 것을 보고 어떤 이가 안타깝게 여기며 "무엇하러 힘들게 사노?"라며 그만두라 한다. 씨앗을 맺으려고 겨울바람과 싸우는 냉이더러 씨앗 맺기를 그만두라 할 수 있을까? 이 말을 들은 냉이는 열매 맺기를 그만두어야 할까? 냉이가 춥다고 열매를 맺기 위해 애쓰기를 그만둔다면, 이는 냉이로서의 삶을 그만두는 거다.

식물은 어떤 상황에서도 씨앗을 맺기 위해 몸부림치는 존재다. "추운 겨울 날씨에 꽃을 피워 봤으면 됐지, 왜 사서 고생하냐?"라고 할 수 없듯이, 내가 하고자 하는 것을 어떤 이도 내게 그만두라고 할 수 없다. 그건 오로지 내가 선택하는 것이다.

내가 나로 존재한다는 것은 몸속 유전자에 기록된 최대의 것을 실현하고자 애쓰는 것이지만, 멀지 않아 나는 죽을 것이다. 나에게 2월에 몇 안 되는 꽃을 피운 냉이처럼 살아야 할 때가 닥친 것이다. 나는 느긋하게 살 수 없다. 꽃을 피워본 경험이 없기 때문이다. 말하자면 몸속 유전자에 기록된 역량을 발휘하지 못했다고 느끼기 때문이다.

드라마 〈나빌레라〉는 주인공 심덕출 할아버지가 어릴 때 배우고 싶었던 발레를 칠순이 되어서 배우는 내용이다. 심덕출 할아버지는 가족의 반대를 무릅쓰고 발레를 배운다. 발레 선생, 채록이 "무용수에요? 그깟 며칠 쉰다고 큰일 나요? 적당히 지금처럼 즐기면서…."라는 말에 심덕출 할아버지는 말한다. "나 적당히 즐기면서 하는 게 아냐. 너처럼 콩쿠르에는 못 나가지만, 언감생심 꿈도 못 꾸지만, 그렇다고 해서 쉬엄쉬엄 하기는 싫어. 나름대로 목표가 있다고."

몸속 유전자에 기록된 최대치의 역량, 수백 개의 꽃을 포기하고, 딱 한 송이 꽃 피운 냉이처럼, 심덕출 할아버지도 나도 몸속에 기록된 최대치의 역량을 펼치려는 것이 아니다. 그냥 꽃 피우는 능력을 발휘해 보고 싶은 거다. 아등바등 애써서 하는 심덕출 할아버지는 발레 선생 채록에 비해 기량이 떨어지긴 하지만, 알츠하이머와 싸우면서도 현재 자신의 몸과 정신이 할 수 있는 최고의 발레 공연을 했다. 나도 내가 피운 꽃이 냉이꽃만 해도 상관없고 딱 한 송이여도 좋다. 지금 내가 할 수 있는 최대의 역량을 발휘해 보고 싶다. 발레를 배우면서 심덕출 할아버지는 전과 달리 밝아지고 행복해졌다. 발레 공연을 하고 난 뒤 못 해본 것에 대한 갈망이 사라졌다. 심덕출 할아버지가 행복한 것은 발레를 잘 해서라기보다 자신으로 살아낸 경험 때문일 것이다. 또 그 경험으로 인해 자신으로 살아가고 있기 때문일 것이다.

꽃을 피운 경험을 하지 못한 나와 아무리 작은 꽃일지언정, 꽃을 피운 경험을 한 나도 발레 공연을 하기 전과 후의 심덕출 할아버지처럼 분명 차이가 있을 것이다. 내가 꽃을 피우려는 이유 중 하나는 한 송이 꽃을 피우고 난 후의 내가 어떨지 궁금하기 때문이다. 나의 꽃을 피운 경험이 나를 어떤 세상으로 데려갈지 궁금하기 때문이다.

심덕출 할아버지는 자신으로 살게 해줄 그것, 발레를 찾았고 꽃 한송이 피워냈다. 나는 나로 살게 해줄 그것을 아직 찾지 못했다. 이 글이 책이 되어 나온다 해도 나의 냉이꽃이 아니다. 글을 쓰고 책을 내는 일은 나로 살게 해줄 그것을 찾아가는 여행길 중 하나일 뿐이다.

내 인생에 드리운 역마살 때문에 내가 떠돌아다니는 것인지도 모른다. 이 글이 책이 된다면, 책은 내가 지나간 여행지에 남겨진 발자국이다. 한 송이 꽃을 찾아서 길 떠난 여행지에 남은 발자국도 꽃이 되어 필 수 있을까? 내가 남겨 놓은 발자국들이 꽃이 되어 피어난다면 나는 그것을 찾기 위해 평생 떠돌아도 좋다.

내 삶의 기초공사는
변경주선인장같지 못했다

변경주선인장: 변경주선인장속에 딸린 유일한 선인장 종이다. 수명이 길어 150년까지 산다. 높이는 10~20m, 줄기는 3~6m까지 자란다. 7cm정도의 강한 가시가 전체에 퍼져있다. 미국의 애리조나주, 멕시코의 소노라주 등지에 서식한다. 잦은 수분공급이 필요 없는 가뭄에 강한 식물이다.

수십 년 동안 기둥 하나만 세우는 식물이 있다. 이 식물은 왜 수십 년 동안 기둥 하나만 세우는 것일까? 내가 이런 질문으로 시작하는 데는 이유가 있다.

2023년 4월 29일, 어느 건설회사가 시공하던 아파트 지하 주차장 붕괴사고가 있었다. 사고로 인한 인명 피해도 없고 '무한 책임... 단지 전체 재시공'이라는 보도에도 나는 마음이 편치 못했다. 아파트 공사 기간이 늘어나서, 분양받은 사람들이 제때 입주하지 못할 것이다. 자신이 계획한 시점에 아파트에 입주하지 못해 삶이 헝클어진 사람이 생길 것이다. 금전적인 보상을 받더라도 틀어진 삶을 만회할 수 없는 사람이 있을 것이다. 이 아파트 건설과 관련된 업체들은 자업자득이겠지만, 결국 모두가 손해다.

내가 처음 그 뉴스를 접했을 때, 한 식물이 머릿속에 떠올랐다. 바로 변경주선인장인데, 이 식물은 믿기 어렵게도 75년에서 100년 동안 기둥 하나만 만든다. 변경주선인장은 어떤 식물이기에 그렇게 오랫동안 기둥 하나, 즉 기초공사만 할까? 변경주선인장은 미국 애리조나주 사노란 사막과 캘리포니아주와 멕시코 사노란 주에 산다. 이 선인장은 대략 아파트 8층 높이, 즉 하늘을 향해 20m까지 올라가며 자란다. 아파트 8층 높이나 되는 큰 몸집을 지탱하려고 100년 동안이나 기초공사를 하는 것이다. 선인장의 몸속에는 물이 대부분인데 기초공사를 부실하게 했다간 무너져 내린다.

내 삶의 기초공사는 안녕하지 못했다. 내 내면의 기초는 슬픔과 우울과 불안이다. 내 삶의 기초가 이렇게 된 것은 내 잘못이 아니다.

먼 옛날 구석기시대에 살던 선조들은 야생에서 음식을 구해야 했다. 주변에 뱀이나 맹수들이 많았기 때문에 사람들이 음식을 구하러 갔다가 다치기도 하고 잡아먹히기도 했다. 음식을 구하러 나갈 때, 사람들은 맹수가 가까이 있는지 잘 살펴봐야 했다. 근데 겁이 없는 사람은 주위를 살피는 것을 소홀히 해서 맹수에게 잡아먹혔다. 반면 두려움이 많은 사람은 잘 나다니지도 않고, 음식을 구하러 나가더라도 맹수를 만날까 주변을 잘 살펴서 살아남았다. 죽은 사람은 후손을 남길 수 있겠는가. 그러니 우리 대부분은 겁이 많은 사람들의 후손이라는 것이다. 우리가 겁이 많은 사람들의 후손이라 우리도 겁이 많다는 것이다. 먼 옛날 선조들의 불안함과 슬픔과 우울한 삶이 우리에게까지 이어져 온다는 것이다.

변경주선인장이 기초공사를 어떻게 하는지 살펴보자. 변경주선인장은 씨앗으로만 번식한다. 씨앗에서 발아한 싹이 1cm로 자라기까지 2년이 걸린다. 그후 6년 동안 자라는 높이는 겨우 2cm다. 8년이나 자란 식물의 키가 겨우 3cm라니! 믿을 수가 없다. 세상에 이보다 느리게 자라는 식물이 있을까? 변경주선인장이 이렇게 느리게 자라는 이유 중 하나는 환경에 있다. 내 삶의 기초가 우울과 불안과 슬픔인 이유가 먼 옛날 선조들이 살던 환경과 내가 태어나고 자란 환경과 관련이 있듯이. 변경주선인장이 사는 미국 애리조나주 소노란사막, 캘리포니아주 남부, 멕시코 소노란주는 사막지역으로 비가 자주 오지 않는다. 사막에 사는 식물이 모두 변경주선인장처럼 느리게 자라진 않는다.

변경주선인장이 천천히 자라는 또 다른 이유는 자신의 몸에 있다. 비가 언제 올지 모르는 사막에서 물이 없으면 죽는다. 그런데 변경주선인장은 몸집이 매우 큰 만큼 물도 많이 필요하다. 우리가 변경주선인장이라면 어떻게 할 것 같은가? 비가 올 때 물을 되도록 많이 받아놓으려고 물통을 내다 놓고, 또 집 안에 있는 그릇과 작은 접시까지 전부 밖에 내놓을 것이다. 그렇게 해서 모은 빗물로 다음 비가 올 때까지 살아갈 수 있을까? 아마 모자랄 것 같아 불안할 것이다. 우리도 변경주선인장처럼 물탱크를 만들 것이다. 만약 우리가 아파트 8층 높이의 물탱크에 물을 가득 채우려고 한다면, 물탱크를 진짜 단단하게 만들어야 한다. 조금이라도 어설프게 만들었다간 내려앉을 테니까. 변경주선인장도 그런 마음인가 보다. 8층 높이의 물탱크를 꼿꼿하게 지탱하게 하려고 밑부분을 목질로 기초공사를 하는 동안 줄기를 하나도 뻗지 않는다. 아무리 그래도 그렇지. 100년 동안 기둥 하나에만 집중한다니, 놀랍지 않은가! 변경주선인장은 그동안 줄기를 뻗고 싶지 않았을까? 줄기 뻗고 싶은 마음이 있었겠지만, 섣불리 뻗었다간 망칠 수 있으니 그 마음을 단단히 붙들어 맸겠다.

그런데 말이다. 나는 삶의 기초공사를 한 적이 없다. 내 삶의 기초공사를 해야 한다는 생각을 하지 못했다. 내 집을 짓는데, 다른 사람이 멋대로 시멘트를 들이붓고 아무 데나 기둥을 갖다 꽂게 내버려 둔다면 원하는 집이 완공되지 않는다. 내 삶의 기초도 이와 마찬가지다. 내 삶의 기초는 옛 선조에서부터 내려온 불안과 슬픔과 우울의 DNA와 내가 태어나고 자란 환경이 만들어낸 것이라 무너질 수밖에 없는 구조다.

우리 중 많은 사람이 삶의 기초공사를 직접 하지 않은 것 같다. 기초공사를 직접 해야 한다는 것도 모르고, 자신 삶의 기초가 어떤 상태인지도 잘 모른다. 언제든 무너져도 이상하지 않은데. 대부분의 사람들은 잘 버텨낸다.

내가 내 삶의 기초공사를 직접 하지 않은 것은 확실하지만, 누가 했는지 꼬집어 말할 수 없다. 내가 태어났을 때의 집안 환경과 사회적 환경과 타고난 내 기질들이 혼합된 작품이니까. 거기다가 살아오면서 내가 만난 사람들과 경험한 것들이 그 기초에 얼기설기 덧대져 있는데 지금까지 버텨온 게 새삼스레 놀랍다.

변경주선인장의 기둥은 아코디언처럼 주름져 있는데, 비가 오면 부풀어 올라 물을 많이 흡수해도 꼿꼿하게 서 있다. 수십 년 동안 기초공사를 한 덕분이다. 땅 위로 20m나 되는 기둥을 성공적으로 세운 변경주선인장이 땅 속 기초공사는 어떻게 했는지 궁금했다.

아파트나 상가건물을 지을 때 건물을 높이 올릴수록 땅 속 기초공사를 깊게 한다. 이것과 비교하면 변경주선인장은 땅 속으로 뿌리를 얼마나 깊게 내렸을까? 놀랍게도 변경주선인장은 땅 속으로 고작 15cm를 내린다. 땅 위 몸과 땅 속 몸이 이렇게 차이나는 식물이 또 있을까? 이렇게 얕은 뿌리를 가진 변경주선인장은 쓰러지지 않고 150년 이상을 거뜬히 살아낸다. 그 이유가 뭘까?

내가 얕은 뿌리로 인해서 불안해하고만 있는 이유는 다른 방법이 있을까 찾아보지 않기 때문이다. 새로운 방법을 찾기 위해 궁리하면 불안이 사라진다. 우리의 뇌는 한꺼번에 두 가지를 생각할 수 없기 때문이다.

변경주선인장은 얕은 뿌리를 보강하기 위해 뿌리를 옆으로 뻗어 나간다. 자신의 키 20m만큼 뻗어 나간다. 뿌리를 깊게 내리는 것보다 얕게 멀리 뻗는 것이 빗물을 더 많이 빨아들일 수 있다. 변경주선인장은 이 사실을 잘 알고 있다. 뿌리를 옆으로 멀리 뻗으면 또 다른 이득이 있다. 아무리 사막이라도 다른 식물들이 살고 있다. 식물들이 옆으로 뿌리를 뻗다 보면 나른 식물의 뿌리와 만나게 된다. 그러다가 서로 엉키게 되면, 함께 힘을 합쳐서 땅을 꽉 붙들고 있을 수 있다. 식물들이 서로 멀리 떨어져 있어 혼자 사는 것 같지만. 땅속에서 서로서로 힘을 합친다. 이게 변경주선인장이 150년 넘게 꼿꼿하게 살아가는 비결이다.

내 삶의 기초공사가 부실하기보다는, 나로 살기에 적합하지 않았을 뿐이다. 나는 내 삶의 기초를 보수를 해왔다. 우리 사람보다 지구에서 오래 살아온, 지혜롭고 똑똑한 식물에게 배워가면서. 변경주선인장으로부터 내가 배운 것은 뿌리 깊은 나무가 아닌 다른 식물과 연대한 나무가 바람에 안 흔들린다는 것이다. 사람의 삶도 식물의 삶과 마찬가지다. 혼밥 시대에 가끔 가족이나 친구와 밥을 같이 먹는 것도 살맛나게 해주는 일종의 연대이겠지. 가끔 만나면 기분 좋은 사람과 함께 따뜻한 밥을 먹으면서 삶의 뿌리를 옆으로 뻗어보는 것은 어떨까?

난초와 아보카도가
씨앗에게 완벽할 수 없는 것처럼

난초: 난초과에 속하는 식물을 통틀어서 일컫는 말이다. 외떡잎식물 중에서 가장 진화된 식물이다. 아름답고 향기로운 꽃이 피어 애호가들이 많다. 세계적으로 2만 5천 종의 난초 중 우리나라 자생종은 84종이다. 양극지방을 제외한 전 세계에서 자란다.
아보카도: 녹나무과의 상록수로 멕시코와 중앙아메리카가 원산지다. 지금까지 발견된 화석 중에서 미국 네바다주에서 나온 백악기 지층에서 발견된 것이 가장 오래된 것이다.

내가 유치원을 다닐 때는 60여 년 전의 일이다. 그때의 기억 중 하나가 소풍날이다. 그당시 아버지는 면사무소를 다니셨고 출근길에 나를 자전거에 태워서 유치원에 데려다 주셨는데, 자전거 핸들과 안장 사이에 붙여서 사용할 수 있는 유아용 안장이 있었다. 아버지는 유아용 안장을 장착하여 나를 태우고 다니셨다.

소풍 가는 날은 다른 날보다 일찍 유치원에 도착했다. 유치원은 성당에서 운영하는 곳이었고, 커다란 강당이 우리 교실이었다. 그날은 소풍가는 날이라서 그런지 강당 문이 잠겨있었다. 강당 밖에서 선생님을 기다리고 있었고 곧 친구 한 명이 왔다. 그 친구는 바닥에 점심 보자기를 내려놓더니 한참 동안 뛰어다녔다. 친구는 다리가 아픈지 점심 보자기 위에 털썩 앉았다. 나도 친구를 따라 내 점심 보자기를 깔고 앉았다.

그날, 우리의 소풍지는 어떤 산이었다. 몇 가지 놀이를 하고 난 뒤 점심시간이었다. 점심 보자기 속에 무엇이 들었는지 몰랐던 나는 궁금해서 얼른 보자기를 열었다. 생전 처음 보는 빵이 몇 개 있었다. 그중 하나는 단팥빵이었다. 단팥빵은 호떡처럼 납작했고 다른 빵은 무슨 빵이었는지 기억에 없지만 부스러져 있었다. 친구의 도시락이 어떻게 되었을까 궁금해 고개를 돌려 보니, 친구의 점심밥은 찬합 속에 있었다. 친구는 보자기 위에 앉아도 되는 것이었고 나는 안 되는 것이었다.

이날 처음으로 빵을 보았고 먹어 본 것도 처음이다. 근데 맛이 어땠는지는 전혀 생각이 나지 않는다. 빵이 납작해지고 가루가 되어버린 것이 머릿속에 박혀 버렸기 때문일 것 같다.

우리 집은 면사무소에서 꽤 먼 곳이다. 아버지는 출퇴근하시는 길에 소풍 가는 딸을 위해서 빵을 사오셨을 것이다. 예전엔 공무원의 보수가 매우 낮았는데도 불구하고, 아버지는 나를 유치원에 보냈다. 그리고 내가 한 번도 보지도 먹어보지도 못한 빵을 소풍 도시락으로 챙겨주셨다. 이처럼 부모는 자녀가 소풍을 간다면 가장 맛있는 것을 들려 보내려고 할 것이다. 가난해서 소풍 도시락을 사주지 못할 형편이면, 며칠 굶으면서라도 부모는 도시락을 사줄 것이다.

식물들도 씨앗이 싹을 틔우고 자랄 수 있도록 도시락, 즉 영양분을 듬뿍 들려 보낸다. 근데 씨앗에게 빈 도시락을 들려 보내는 식물이 있다. 바로 이 식물은 어미 난초다. 식물 씨앗의 구조는 씨껍질 안에 배와 배젖이 들어있다. 배는 자라서 어린싹이 된다. 어린 씨앗이 먹을 양분이 든 도시락은 바로 배젖이다. 씨앗을 뚫고 나온 어린싹은 스스로 광합성을 할 수 없다. 스스로 광합성을 할 수 있을 때까지 어린싹은 엄마가 사준 도시락, 배젖의 영양분을 먹고 산다.

엔티덴디롬 세쿤둠 난초는 씨앗에게 도시락을 사주지 않는다. 이 난초 씨앗을 현미경으로 관찰해야 보일 만큼 작은데 속이 다 비치는 얇은 껍질 안에 달랑 배만 있다. 이 난초 씨앗 하나 크기는 얼마나 될까? 수백만 개가 있어야 1g이 된다고 하니, 우리의 상상을 초월할 정도로 작다. 이렇게나 작은 난초 씨앗 속에 도시락, 즉 양분을 넣을 공간이 어디 있겠는가? 난초 씨앗은 부모에게서 물려받은 것이 전혀 없어, 태어나자 마자 스스로 벌어먹으면서 살아야 한다. 어미 난초는 어떤 생각으로 도시락을 챙겨주지 않는 걸까?

아보카도 열매를 먹어 본 적이 있는가? 아보카도 열매를 칼로 자르면, 보이는 커다랗고 둥근 씨앗이 바로 아보카도의 도시락이다. 이 도시락엔 어린 아보카도가 몇 년 동안 먹어도 될 만큼 영양분이 많다.

식물의 씨앗은 대부분 껍질이 두껍고 수분 함량이 적다. 씨앗 속에 수분 함량이 많으면 씨앗이 썩기 쉽다. 그래서 싹을 틔울 환경이 될 때까지 오래 버티게 하려면 수분 함량이 적어야 한다. 또 씨앗 껍질이 두꺼우면 웬만한 충격에도 깨지지 않고 오래 견딜 수 있다.

아보카도 씨앗은 다른 씨앗과 달리 매우 크고 수분 함량이 매우 높다. 아보카도 씨앗 껍질은 종잇장보다 얇아 수분이 마르기 쉽다. 아보카도는 씨앗 속의 수분이 마르면 죽는데 왜 이렇게 껍질을 얇게 만들었을까? 그 이유는 아보카도가 자라는 곳의 환경에 있다. 아보카도가 사는 곳은 일 년 내내 수분이 마르지 않아 언제든지 싹을 틔울 수 있다. 그래서 껍질이 두꺼우면 싹이 자라는데 도리어 방해가 된다.

난초 씨앗은 한 끼 먹을 음식도 타고나지 못했는데, 아보카도 씨앗은 몇 년씩 먹을 양식을 타고났다니! 두 씨앗의 도시락은 왜 이렇게 차이가 날까? 어미 난초가 씨앗 껍질 속에 배젖을 만들지 못할 사정이 있었겠지만, 해도 해도 너무한 것 같다. 사람뿐만 아니라 식물 어미들도 자식에게 한 가지라도 더 챙겨주려고 안달하는데 말이다.

난초 어린싹은 스스로 살길을 찾아내야 한다. 어쩔 수 없지 않은가? 난초 씨앗은 세상에 널려있는 곰팡이에 붙어서 영양분을 빨아먹는다. 그래서 배젖 없이도 싹을 틔우고 잎을 키울 수 있다. 난초 씨앗의 배는 곰팡이에서 얻은 양분으로 덩어리로 커진다. 이 덩어리를 전괴채라고 하는데, 이 전괴채 덩어리에서 뿌리가 나온다. 어미 난초는 뿌리에 곰팡이를 살게 해준다. 이는 어떤 사람이 다른 사람의 도움을 받고 어려운 문제를 해결했을 때, 어려운 환경에 처한 다른 사람에게 도움을 주면서 내게 도움을 주었던 사람에게 감사를 표현하는 것과 비슷하다. 즉 난초가 뿌리에서 균이 먹고 살도록 해주는 것은 자신의 씨앗에게 주려는 것이 아니다. 자신이 만든 씨앗은 대부분 멀리 날아 가버리기 때문이다. 어미 난초 뿌리에서 사는 곰팡이는 다른 난초의 씨앗에서 싹을 틔운 어린 난초가 먹을 확률이 더 높을 것이다.

어린싹이 전적으로 스스로 살길을 찾아냈다고 하기는 무리가 있다. 어미 난초가 곰팡이가 제 뿌리에 붙어서 살게 해주기 때문이다. 사람이 혼자 살 수 없다고 하지만, 이는 식물도 마찬가지다. 식물도 서로 연결되어 돕고 도우면서 사는 것이다. 어미 난초가 보통의 식물과는 다른 방법으로 도시락을 준비한 것이다. 세상이 돌아가는 이치가 이런가 보다. 내가 베풀면 그 덕은 자식에게 돌아간다는 말이 떠오른다.

어미 아보카도가 씨앗에게 커다란 도시락을 사주는 이유 또

한 어린 아보카도가 살아가는 환경 때문이다. 아보카도는 커다란 나무가 많이 사는 곳에서 산다. 아보카도 씨앗이 커다란 나무 아래서 싹을 내면 햇빛을 받기 어렵다. 햇빛을 받지 못하는 식물은 아무리 발버둥을 쳐도 양분을 못 만들기 때문에 죽고 만다. 그래서 어미 아보카도는 어린 아보카도가 햇빛을 받을 수 있을 때까지 살아남게 하려고 먹을 양식을 충분히 들려 보내는 것이다.

난초 씨앗은 곰팡이를 찾아야 하고, 아보카도 씨앗은 넉넉한 도시락이 있지만, 햇빛을 찾아가야 한다. 말하자면 난초 싹은 도시락을 찾아내지 못할까 봐 불안하고, 아보카도 싹은 햇빛을 찾아내지 못할까 봐 전전긍긍할 것이다. 사람도 이들 식물처럼 불안할 수밖에 없다. 세상이 안정적이지 않기 때문이다. 안정적이지 않은 세상에서 안정적으로 살려고 하면 불안할 수밖에 없다. 세상이 안정적이지 않기 때문에 우리가 안정적인 삶을 살 수 없다는 것을 받아들여야 한다.

난초와 아보카도가 씨앗에게 완벽한 도시락을 들여보낼 수 없는 것처럼, 아버지가 사주신 빵이 맛은 있지만 눌리면 납작해지고 가루가 되어버린다. 우리 사람도 매번 자녀에게 완벽한 도시락을 제공할 수 없다. 난초 어린싹이 먹을 도시락이 없다고 한탄하기보다 곰팡이를 찾아 뿌리를 뻗는 것이 낫고, 아보카도가 햇빛이 없다고 불평하기보다 햇빛을 향해 가지를 뻗는 것이 낫다.

우리도 마찬가지가 아닐까? 타고 난 것이 없다고 불평하기보다, 원하는 것을 찾아서 한 발자국 내딛는 것이 낫지 않을까? 어딘가에 우리가 먹을 곰팡이가 있을 테니까. 생명을 탄생시킨 엄마, 자연이 만들어 놓은 돌고 도는 도시락이 있을 테니까. 우린 그걸 찾아내면 되니까.

쇠비름이 가진 신기한 베일

쇠비름: 쇠비름과에 속하는 한해살이풀이다. 산기슭이나 밭 주변, 길가 등에 흔히 자란다. 줄기는 비스듬히 옆으로 자라며, 높이 10~30cm이다. 열매는 9월에 익으며, 씨는 검고 둥글며 가장자리에 작은 돌기가 있다. 우리나라 전역 및 전 세계에 분포한다.

첫눈에 빠져버린, 나의 두 번째 연인은 그림책이다. 초등학교 4학년 때 담임선생님이 수업 중에 백설공주와 신데렐라 그림책을 보여주셨다. '세상에 이렇게 예쁘고 재밌는 책이 있다니!' 그림책을 본 순간 나는 그림책에 풍덩 빠지고 말았다. 이전에 본 책이라곤 교과서와 전과가 전부였고 텔레비전이나 라디오가 어떻게 생겼는지도 몰랐다. 그때까지는 영화라곤 학교에서 단체로 가서 본 〈유관순〉과 이윤복 어린이의 일기를 바탕으로 만든 〈저 하늘에도 슬픔이〉가 전부였으니, 이렇게나 재미있고도 예쁜 그림책에 빠지지 않을 수가 있었겠는가! 그날부터 매일 도서실에 가서 책을 읽기 시작했다.

이렇게 두 번째 연인을 만난 순간은 잘 기억하면서 왜 첫 번째 연인을 만난 순간은 기억하지 못하는 걸까? 첫 연인을 만난 순간만 기억에 없는 것이 아니라, 어떤 계기로 좋아하게 되었는지도 모른다. 나의 첫 연인은 풀이다. 그런데 내가 풀을 나의 첫 연인이었다고 인식하게 된 것은 육십 대가 되어서였다. 연인이란 안 보면 보고 싶고, 봐도 봐도 또 보고 싶고, 가슴을 설레게 하는 존재가 아닌가? 그림책이 그랬고, 풀 또한 그런 존재였다.

풀을 처음 본 것은 언제였을까? 갓난아기였을 때 엄마나 혹은 아버지나 할머니가 나를 안고 처음으로 마당에 나왔을 때는 아닐 것이다. 아기의 눈은 명암만 구분할 수 있으니까. 일 년이 지나도 시력이 겨우 0.2 정도이고 어른처럼 보려면 다섯 살 정도는 되어야 한다니까. 나의 첫 연인 풀들은 서서히 내 속으로 스며들었을 것이다. 네 살에서 다섯 살 즈음일 것 같다. 여름날 마당 귀퉁이에 풀이 돋아났다. 잎 가장자리는 둥글고 매끈했다. 풀잎의 둥글고 매끈함에 마음이 빠져들었다. 지금까지 봐온 풀잎은 잎맥들이 그물처럼 나 있고 가장자리는 톱니가 있고 구불구불했는데, 이 풀은 조금씩 자라나도 잎맥이 보이지 않고 잎몸이 매끈하였다. 줄기는 오동통 붉었다. 잎몸의 매끈함과 줄기의 오동통함에 또 눈길이 가고 마음이 갔다. 다른 풀의 줄기는 녹색인데 말이다. 이 풀은 쇠비름이었다. 쇠비름의 생긴 형태가 다른 풀과 달라 내 눈에는 신비롭게 보였다.

쇠비름을 오행초라고도 부른다. 그 이유는 잎은 초록색, 줄기는 붉은색, 꽃은 노란색, 뿌리는 흰색, 씨앗은 까만색으로 음양오행의 다섯 가지 색을 모두 가졌기 때문이다. 마당에는 햇빛은 쨍쨍하지만 물은 부족했기 때문에, 쇠비름은 매우 천천히 자랐다. 어린 나는 그런 이유를 알 턱이 없었다.

쇠비름은 자라면서 다른 식물과 달리 더 오동통해졌다. 다육식물을 본 적이 없었기 때문에 무척 신기했다. 그래서 매일 쇠비름을 들여다보았다. 잎자루가 없는 긴 타원형 잎의 가장자리는 여전히 매끈했고, 잎몸도 납작하면서도 오동통하고 매끈함을 유지했다. 줄기도 점점 굵어졌지만, 변함없이 붉고 오동통했다. 쇠비름 줄기를 꺾어보고 잎을 따보아도 왜 오동통하고 붉은지 알 길이 없었다. 얼마간의 시간이 흐르고 난 후 줄기 끝에 노란 꽃이 피었다. 호박꽃과 국화와 장미와 코스모스 같은 꽃들과 달리 쇠비름 꽃은 매우 작았다. 쇠비름 꽃의 작음에 자꾸 눈길이 갔다. 꽃이 이렇게도 작을 수 있는지 감탄하며 매일매일 보러 갔다. 어느 날 쇠비름 꽃을 보러 갔는데 시든 꽃이 보였다. 심장이 쿵 내려앉았다. 마치 소중한 물건을 잃어버린 것을 알아차렸을 때처럼.

꽃이 졌지만, 쇠비름을 보러 가는 일은 계속되었다. 쇠비름의 신비한 베일을 벗겨내지 못했기 때문이다. 쇠비름 꽃이 시들고 난 후 꽃이 진 자리에서 봉긋 솟아오르는 것이 보였다. 작은 꽃이 진 자리에서 봉긋하게 솟아오르는 것의 크기 또한 매우 작았다.

어느 날부터인가 더 자라지 않고 색이 조금씩 연해져 갔다. 이것은 씨앗 통이었다. 작고도 작은 씨앗 통을 만져보았다. 근데 반으로 갈라지면서 씨앗이 땅 아래로 쏟아졌다. 쇠비름 씨앗 일부는 통 속에 그대로 남아 있었고 내 손가락에도 몇 개가 묻었다. 쇠비름 씨앗은 새까맣게 빛이 났고, 볼펜으로 콕 찍은 작은 점처럼 작았다. 씨앗의 작음에 또 빠져들었다. 씨앗이 작아도 이렇게 작을 수 있는지! 작다고 생각했던 쇠비름 꽃은 씨앗에 비교하니 엄청나게 큰 것이었다!

쇠비름의 노란 꽃은 사실 꽃이 아니라 꽃덮개다. 꽃은 암술과 수술을 보호하는 꽃잎과 꽃받침으로 이루어져 있다. 쇠비름의 꽃은 암술과 수술을 보호하지만, 꽃잎과 꽃받침을 구별할 수 없다. 쇠비름처럼 꽃잎과 꽃받침을 구별할 수 어려울 때 꽃덮이 혹은 꽃덮개라고도 한다.

내가 빠져든 식물은 쇠비름만이 아니었다. 봄날 엄마와 함께 간 복숭아 밭둑에 돋아난 쑥. 복숭아 표면에 수묵화처럼 번진 분홍빛. 뽕나무 가지에 파랗게 달려있던 오디, 차츰 붉어지다가 마침내 검게 변하던 오디. 친구들과 함께 올라간 산에서 만난 할미꽃의 자주색. 햇살에 빛나던 버들강아지의 털. 물에 젖지 않은 뒤란 텃밭의 토란 잎. 우물가에 핀 국화의 수많은 꽃잎. 가을이면 집 앞에서 하늘거리던 코스모스의 여러 갈래로 잘게 갈라진 잎,

봄마다 마당 텃밭에서 피어난 작약의 각양각색 모양의 꽃잎에도 빠져들었다.

중학교 때, 친구들이 못생긴 것을 비유할 때 "할미꽃 같다." 라고 했다. "할미꽃이 얼마나 예쁜데."라고 했더니, 친구들이 할미꽃이 어떻게 예쁘냐며 반박했다. 나는 할 말을 잃었다. 할미꽃을 사진으로만 보았을 도시 친구들이 봄날 햇살에 빛나는 할미꽃의 털과 자줏빛이 얼마나 아름다운지 어떻게 알 수 있겠는가! 우리가 소중하게 여기는 것을 누군가에게 말했을 때, 그 사람이 "뭐 별것도 아닌 걸 가지고 그래?"라고 한다면, 우리가 아름답다고 여기는 것을 다른 사람에게 보여주었을 때 "이게 뭐 예쁘다고?"라고 중학교 친구들처럼 말한다면, 누가 그런 말을 하는 사람에게 소중한 것이나 아름답다고 생각하는 것을 말하거나 보여주려고 하겠는가? 식물도 마찬가지가 아닐까?

나의 첫 연인, 식물들은 내가 저들의 아름다움을 알아보고 저들의 아름다움에 대해 깊이 감탄하며 가슴 설레는 줄 아는 것 같다. 그렇지 않고서야 식물들이 어떻게 저만의 아름다움을 내 앞에 펼쳐놓겠는가. 내 눈을 통과해 들어와 내 속에서 수묵화처럼 다시 피어나는 풀들. 나의 첫 연인 식물들로 내 마음은 지금도 바람 부는 언덕처럼 설레고 있다.

자이언트 라플레시아는
콤플렉스가 몇 개일까

자이언트 라플레시아: 라플레시아과의 기생식물이다. 동남아시아의 섬과 말레이반도 등에 산다. 세계에서 제일 큰 꽃이 피는데 지름은 1m, 무게는 11kg이나 된다. 냄새가 가장 심한 꽃으로 널리 알려져 있다.

티브이 프로그램 〈정글의 법칙〉에서 출연자 강남이 손가락으로 무언가를 가리키며 놀라 소리치는 장면이 나온다. 그가 가리키는 곳엔 자이언트 라플레시아가 있다. 다가가 냄새를 맡아본다. 고기 썩은 냄새가 난다고 하며 꽃잎을 만져본다. 꽃잎은 양초로 만든 것처럼 딱딱하기도 하고 고기를 말린 육포 같은 느낌이라며 또 놀란다.

자이언트 라플레시아의 꽃잎이 딱딱한 이유는 꽃잎의 크기에 있다. 커다란 꽃잎이 부드럽다면 흘러내려 모양을 지탱할 수 없을 것이다. 그럼 자이언트 라플레시아 꽃은 얼마나 클까? 자이언트 라플레시아는 꽃은 세상에서 가장 큰 꽃으로, 지금까지 가장 큰 꽃은 지름이 1.1m, 무게는 11kg이다. 큰 꽃을 피우는 식물이니, 줄기가 굵고 잎도 넓고 두꺼울 것 같지만, 생각과 달리 잎과 줄기뿐만 아니라 제대로 된 뿌리마저 없다. 세상에서 가장 큰 꽃이 잎도 줄기도 없다니! 모든 것을 다 가질 수도 없다는 말이 사람만이 아니라 식물에게도 적용되는 것 같다. 어떻게 줄기도 잎도 뿌리도 없는 식물이 세상에서 가장 큰 꽃을 피울 수 있었을까? 그 이유는 자이언트 라플레시아가 기생식물이기 때문이다. 기생식물이라도 숙주의 물과 양분을 빨아먹기 위해 뿌리가 있어야 하지 않을까? 물론이다. 자이언트 라플레시아는 포도과 식물 뿌리에 기생하지만, 우리가 생각하는 일반적인 뿌리가 없다. 대신 뿌리 역할을 하는 긴 빨대 같은 영양기관이 있다. 자이언트 라플레시아는 이 빨대를 꽂아 물과 영양분을 빨아먹는다.

꽃은 대체로 향기로운 냄새를 풍긴다. 자이언트 라플레시아는 이런 고정관념을 깨트리고 시체 썩은 냄새를 풍긴다. 살아가는 곳에서는 향기로운 냄새를 좋아하는 벌보다, 시체 썩은 냄새에 꼬이는 파리나 딱정벌레들이 많이 살기 때문이다. 자이언트 라플레시아가 콤플렉스라고 여길 만한 것이 시체 썩은 냄새뿐만이 아니다. 꽃잎은 대개 부드럽고 색깔도 예쁘다. 그런데 자이언트 라플레시아 꽃잎은 육포 말린 듯 딱딱하고 색깔도 고기처럼 검붉다. 잎과 줄기도 제대로 된 뿌리도 없다. 자랑할 만한 것이 큰 것 말고는 없는 듯하다. 큰 것도 어느 정도지, 사람의 경우에도 너무 큰 사람은 자신이 살기에도 불편할 뿐만 아니라 다른 사람의 눈에 이상하게 비친다. 꽃도 다르진 않을 것이다. 거기에다 남의 양분과 물을 빼앗아 먹는 기생식물이라 떳떳하지도 않으니 자이언트 라플레시아가 스스로 당당하게 내놓을 수 있는 것이 한 가지라도 있겠는가?

자이언트 라플레시아가 역겨운 냄새 하나만이라도 콤플렉스로 여긴다면, 세상에서 살아남기 어려울 것이다. 왜냐하면 역겨운 냄새를 조금이라도 적게 만들기 위해 애를 쓸 것이기 때문이고, 그러다가 결국엔 냄새를 만들지 않게 될 것이다. 그러면 파리나 딱정벌레가 찾아오지 않을 것이고 씨앗을 남기지 못할 것이다. 역겨운 냄새야말로 자이언트 라플레시아를 존재하게 해주는 매우 중요한 요소인데 말이다.

자이언트 라플레시아가 콤플렉스라고 여길 만한 것은 냄새만이 아니다. 두껍고 딱딱한 꽃잎과 꽃잎이 매우 큰 것과 잎과 줄기가 없는 것, 또 뿌리다운 뿌리를 갖지 못하는 것이 모두 콤플렉스라고 여길 수 있다. 하지만 자이언트 라플레시아는 이것들을 콤플렉스라고 느끼지 않을 것이다. 자이언트 라플레시아의 관심은 오로지 생존과 번식에 있기 때문이다.

사고로 왼팔을 잃은 헤어 디자이너 김나윤 씨가 있다. 김나윤 씨는 헤어 디자이너가 꿈이었고 어린 나이에 헤어 디자이너의 길에 뛰어들었지만, 27살에 오토바이 사고로 왼팔을 잃었다. 더 이상 헤어 디자이너로 살 수 없었다. 누구나 꿈이 좌절되면 슬픔과 우울에 빠질 것이다. 김나윤 씨는 슬픔과 우울에서 벗어나고자 했고 피트니스대회에서 4관왕을 차지했다. 왼팔이 없는 자신을 윤너스라며 "왼팔이 없는 게 바로 나다."라며 평소에 의수를 끼지 않고 생활한다고 한다. 왼팔이 없어서가 아니라, 없는 왼팔을 당당하게 드러냈기에 그녀가 더 아름답게 돋보이는 것 같다. 왼팔이 없는 것은 김나윤 씨의 수많은 배경 중 하나일 뿐이다.

우리 중에 콤플렉스가 없는 사람이 있을까? 콤플렉스 때문에 주눅이 들었다면, 우리의 콤플렉스가 진짜 콤플렉스인지 혹은 내가 그렇게 생각하는 것인지 생각해보는 것은 어떨까?

자이언트 라플레시아가 대를 이어 살아갈 수 있는 방편이 바로 시체 썩은 냄새이고 꽃잎이 두껍고 딱딱해서다. 잎과 줄기도 없이도 뿌리다운 뿌리가 없이도 살아갈 수 있다. 이런 속성을 가진 것이 자이언트 라플레시아이고, 자이언트 라플레시아의 삶을 살아가게 해 주는 것이다. 다른 사람에 비교해 뭔가가 부족하거나 없어도 윤너스 김나윤 씨처럼 '이런 게 나야.'라고 받아들이면 당당하게 살 수 있다. 김나윤 씨가 당당하게 윤너스로 살아가는 데 왼팔 없는 것이 불편하긴 해도 문제가 아니듯이, 우리가 콤플렉스라고 생각하는 것이 개성이고 우리를 살게 해주는 것일지도 모른다. 우리는 선택할 수 있다. 콤플렉스가 몰고 가는 삶의 롤러코스터에 올라탈 것인지, 콤플렉스가 우리를 돋보이게 하는 특별한 배경으로 만들 것인지. 이 둘 중 어느 것을 선택하는지에 따라 우리는 매우 다른 삶을 살 게 될 것이다. 당신은 지금 콤플렉스란 롤러코스터를 타고 있는가? 아니면 콤플렉스를 배경으로 만들고 있는가?

소나무가 디귿 자로
구부러질 수밖에 없는 이유

소나무: 소나무과에 속하는 상록성 겉씨식물이다. 햇볕이 잘 들고 건조한 산지의 능선과 사면에서 자라는 침엽 큰키나무로 높이 35m, 지름 1.8m 정도이다. 전 세계엔 100여 종의 소나무가 있다. 가장 오래 살고 있는 소나무는 4700살로 추정되는 미국의 브리슬콘 파인이다.

스피치를 배울 때 먼저 복식호흡을 배운다. 그다음엔 복식호흡을 하면서 발성 연습을 한다. 이때 스피치 강사가 말한다. "저 멀리 점 하나를 찍고, 그곳으로 소리를 내보낸다는 상상을 하면서 크게 아, 소리를 내보내세요."

우리가 발성을 잘하려면 저 멀리 점을 찍어야 하듯, 이 세상을 잘 살아내기 위해서도 점을 하나 찍어야 한다. 우리는 이 점을 삶의 목적이라고도 하고 가치라고도 한다. 우리뿐만 아니라 식물도 저 멀리 점을 하나 찍고 끊임없이 점을 향해 나아간다.

언젠가 디귿 자 모양으로 구부러진 소나무를 본 적이 있다. 그 소나무는 왜 가지를 디귿 모양으로 구부렸을까? 소나무 씨앗이 점을 찍었기 때문이다. 소나무 씨앗이 찍은 점은 해다. 소나무가 찍은 점, 해는 목적이 아니라 목표일 뿐이다. 소나무가 더 멀리 찍은 점, 목적은 따로 있다. 소나무의 최종 목적은 씨앗을 만드는 것이다. 씨앗에서 싹을 내민 소나무는 곧장 하늘을 향해 올라간다. 그곳에 목표점, 해가 있기 때문이다. 소나무가 디귿 자 모양으로 구부러질 수밖에 없었던 이유는 목적, 곧 목표를 향해 가는 과정에 방해물이 있었기 때문이다. 소나무는 방해물이 있을 때마다 방향을 틀었다. 소나무는 디귿 자 모양으로 구부러지고 나서도 구불구불 뒤틀려있다. 다른 나무의 나뭇가지인지 커다란 바위인지 우리는 알 수 없지만, 이도 방해물이 있었기 때문이다. 소나무가 방향을 튼 이유가 소나무 자신일 수도 있다. 우리도 꿈을 향해 나아가다가, 가족 문제 혹은 경제적인 상황이 아니라 자신의 몸의 건강이나 심리적 이유로 그만두거나 방향을 틀 듯이 말이다. 소나무의 구불거리는 줄기는 나이테와 마찬가지로 소나무가 어떻게 살아왔는지 기록된 일기장이다. 소나무의 구불구불한 줄기를 보면 소나무가 얼마나 햇빛을 갈구했는지, 얼마나 애썼는지 보인다.

우리는 저 멀리 찍은 점까지 단숨에 갈 수 없다. 점이 멀리 있기 때문이라기보다 점까지 가는 길이 나있지 않기 때문이다. 아무도 간 적이 없는 길이어서 혹은 우리 자신도 가본 적이 없는 길이라 저 멀리 찍어놓은 점까지 가려면 길을 내면서 가야 한다. 나아가다가 멈춰야 할 때도 있고, 방향을 틀어야 할 때도 있다.

그 이유는 장애물이 있거나, 방향이 잘못된 경우이다. 때로는 점을 찍을 때와 상황이 달라졌기 때문일 수도 있다. 저 멀리 점을 잘못 찍었다고 해서, 엉뚱한 방향으로 왔다고 해서 주저앉아 낙심할 필요 없다. 왜냐하면 소나무가 해를 향해 다시 방향을 틀 듯, 우리도 점을 향해 방향을 틀면 되기 때문이다. 또 잘못된 길을 간만큼 우리에게 경험치가 쌓였기 때문이다. 우리가 목표나 목적을 향해 나아가기 위해 다시 저 멀리 점을 찍을 때, 이 경험치가 오류를 줄여 주기 때문이다. 우리가 잘못 점을 찍었을 경우나 외부 상황이 변했을 때나 점을 찍을 때와는 다른 가치관을 가지게 되었을 때는 다시 점을 찍어야 한다. 그러면 어떤가? 새로 찍은 점을 향해 가면 되는 것일 뿐.

우리가 저 멀리 목표, 점을 향해 가는 계단은 출렁다리 혹은 롤러코스터로 변할 수 있다. 우리의 꿈이 꺾인다 해도, 우리의 목적이 달성되지 않는다고 할 수 없다. 잘 살펴보면, 저 멀리 찍은 점, 즉 이미 목적지에 도착했는데 우리가 모를 수 있다. 혹은 찍어놓은 점을 지나쳐 더 멀리 나아갔는지도 우리는 잘 모른다. 우리의 목적은 삶의 가치이며, 경험한 것을 해석하기 때문이다. 같은 경험이라도 때에 따라 긍정적으로 혹은 부정적으로 해석할 수 있기 때문이고, 이는 우리가 처한 상황에 따라 달라질 수 있기 때문이다. 목적이 이루어졌음에도 이루어지지 않았다고 여길 수 있고, 목적이 이루어지지 않았는데도 이루어졌다고 착각할 수도 있다. 우리가 목표를 향해 나아가는 동안 목적이 이루어지지 않을 수도 있다. 애당초 점을 엉뚱한 곳에 찍었거나, 찍은 점을 향해 나아가는 것을 게을리 했을 경우, 또는 점을 찍은 곳과는 다른 방향으로 나아간 경우에 그렇다.

우리가 저 멀리 점을 잘못 찍었건 다른 방향으로 나아갔든 상관이 없다. 소나무가 해를 향해 가면서 방향을 틀 때마다 성장하고 자라는 것처럼, 우리도 성장해가고 있으니까. 우리 삶의 최종 목적은 성장에 있으니까.

곧게 자란 소나무는 직선의 멋이 있고, 구불구불 자란 소나무는 곡선의 아름다움이 있다지만, 소나무는 멋있게 혹은 아름다운 모습을 만들기 위해 산 것이 아니었다. 소나무는 씨앗을 만들기 위해, 상황에 따라 자신이 찍은 점을 향해 나아갔을 뿐인데 멋있고 아름다운 모습이 되었다. 우리의 멋이나 아름다움도 우리가 저 멀리 찍어놓은 점, 목표를 향해 가는 동안 만들어질 것이다.

우리가 목표를 모두 달성하더라도 우리가 멋이 없거나 아름답지 않다면 목적은 이루어지지 않은 것이다. 반면 우리가 목표를 대부분 달성하지 못해도 우리가 멋있거나 아름답다면, 목적이 이루어진 것이다. 목적을 이뤘는지 못 이뤘는지는 우리가 해석하기 나름인 것이다.

계요등과 쇠무릎,
최고의 위장술은 양보

계요등: 꼭두서니과의 낙엽덩굴성나무이다. 산과 들에 흔하게 자란다. 나무이지만 줄기 위쪽이 겨울에 죽어 풀의 성질도 가지고 있다. 길이는 5~7m에 이르며 어린 가지에 잔털이 있다. 닭의 오줌똥 냄새가 난다.

쇠무릎: 비름과의 여러해살이풀이다. 줄기는 곧추서며, 높이 50~100cm, 가지가 많이 갈라지고 네모지며, 마디는 볼록해진다. 불룩한 마디가 쇠무릎을 닮아 쇠무릎이라고 한다. 어린잎은 식용하며, 뿌리는 약용한다. 쇠무릅, 쇠무릎풀, 우슬이라고도 한다.

다른 사람의 컴퓨터 시스템에 허락 없이 침입하여 데이터와 프로그램을 빼내가거나 삭제하거나 열람하거나 변조하는 일을 하는 사람을 블랙 해커라고 한다. 식물 세계에도 블랙 해커들이 존재한다. 식물 세계의 블랙 해커 중 하나가 계요등긴수염진딧물이다. 계요등긴수염진딧물의 계요등은 덩굴식물로 계요등긴수염진딧물의 먹이식물이다.

계요등은 닭의 오줌똥 냄새가 나서 계요등이라 부른다. 계요등의 하얀 원통형 꽃은 꽃잎 끝이 다섯 쪽으로 갈라지며 안 쪽에는 자주색 반점이 있다. 계요등 꽃은 아장아장 걷는 아기처럼 앙증맞다. 계요등은 덩굴성식물로 나무를 타고 올라간다. 겨울이 되면 계요등이 타고 올라간 나무의 나뭇잎들이 모두 떨어지고 빈 가지만 남는다. 이때 가끔 높다란 나뭇가지에 주렁주렁 달린 계요등 열매를 발견할 수 있다. 햇살 아래 계요등 열매는 금빛으로 반짝거리는데, 크기는 콩알만 하다.

계요등긴수염진딧물은 계요등의 닭 오줌냄새를 빨아먹는다. 블랙 해커들이 컴퓨터 프로그램 방어막을 뚫고 데이터나 정보를 빼내 가듯 말이다. 계요등긴수염진딧물은 닭 오줌똥냄새가 든 즙액을 몸속에 저장한다. 진딧물의 천적 무당벌레가 악취 나는 진딧물을 먹지 않기 때문이다. 진딧물은 천적의 눈에 띄지 않기 위해 대부분 녹색이다. 그런데 계요등긴수염진딧물은 분홍색이다. 만약 몸이 녹색이라면 계요등긴수염진딧물과 무당벌레 둘에게 다 좋지 않다. 계요등긴수염진딧물은 무당벌레에게 잡아먹힐 확률이 높아지고 무당벌레는 독이든 먹이를 먹고 아프거나 죽게 될 것이다. 계요등긴수염진딧물은 다른 진딧물과 달리 위장술을 사용하여 숨을 필요가 없다. 천적에게 잡아먹히지 않으려면 독이 있다는 사실을 알려야 한다. 계요등긴수염진딧물의 몸 색깔인 분홍색이 바로 독이 있다는 신호다. 천적에게 잡아먹히지 않고 살아남기 위해 보내는 신호가 천적을 살려주는 신호이기도 하다.

식물이 곤충을 방어하기 위해 강력한 독을 만들려면, 영양분을 많이 소모하게 된다. 그래서 제대로 성장을 하지 못하고 결국 열매도 많이 맺지 못한다. 식물이 애를 써서 만든 독에 대응할 방법을 곤충이 찾아내면 그 독은 무용지물이 된다.

계요등긴수염진딧물이 계요등이 애써 만든 악취를 먹고 이용하는 것처럼, 식물이 아무리 강한 독을 만들더라도 시간이 흐르면 그 독을 이겨낼 곤충이 생길 것이다. 그렇다고 해서 식물이 매우 강한 독을 만들어내어 곤충을 모두 죽여버리면 식물도 살아남을 수 없다. 수분을 도와주는 곤충이 사라지기 때문이다. 바로 쇠무릎이 독을 약하게 만들어 조금 먹혀주면서 피해가 크지 않게 하는 작전을 사용한다. 쇠무릎은 곤충의 탈피를 촉진하는 성장호르몬을 만든다. 이 성장호르몬은 박각시나방 애벌레의 몸속에서 호르몬 체계를 교란시킨다. 그래서 쇠무릎을 먹은 박각시나방 애벌레는 쇠무릎을 먹지 않은 유충에 비해 빨리 성충으로 자란다. 쇠무릎을 먹고 빨리 성충이 된 박각시나방은 다른 나방에 비해 크기가 작다.

작은 나방은 작은 알을 낳을 것이고 작은 알에서 깨어난 애벌레는 잎을 조금 먹을 것이다. 쇠무릎이 조금 양보해 곤충에게 먹혀주는 것이 손해가 아니라 결국 쇠무릎에게 이득이 되는 것이다. 쇠무릎이 박각시나방에게 잎을 조금 먹여주는 것을 다른 말로 표현하면 '양보는 뜻을 이루는 최고의 위장술'이다. 이는 발자타르 그라시안의 말과 일맥상통한다.

양보에 관해 생각을 하다보면 자연스레 지하철의 임산부 배려석이 떠오른다. 2022년 12월 11일 한 언론사에는 “지하철 임산부석에 앉자마자 (...) 허겁지겁 도망쳤다.”는 기사가 실렸다. 광주 지하철에 어떤 남성이 임산부 배려석에 앉았는데, “임산부 배려석에 앉으셨습니다. 임산부가 아니라면 임산부를 위해 자리를 비워주시기 바랍니다.”란 안내방송이 나와 당황한 채 줄행랑을 쳤다는 내용이다. 이를 두고 어떤 이는 임산부가 보이면 양보해도 되지 않겠느냐고 한다. 하지만, 초기 임산부는 눈에 띄지도 않을 뿐더러, 앉은 이도 내릴 때까지 임산부를 찾아 계속 두리번거리고 있겠는가.

요즘을 저출생 시대라 부른다. 사회가 어띤지 단편적으로 보여주는 대목이기도 하다. 임신과 출산을 결심한 이에게 ‘애국자’라고 칭하기도 한다. 이러한 사회 분위기 속에서, 어쩌면 임산부 배려석은 보은의 좌석이다. 임산부 배려석은 임산부을 위해 비워두고 몸이 괴롭거나 아픈 사람은 나이와 상관없이 노약자석을 이용하면 될 것이다. 물론 임산부 배려석이 저출생 문제를 해결할 수 있는 것은 아니다. 하지만 이 작은 장치와 그에 따른 논란들은 우리 사회가 아이를 가지고 낳고 기르는 과정이 고난스러울 거라 여기게 되는 사회라 느끼게 하는 하나의 작은 요소가 될 수 있다.

임산부 배려석은 결국 임산부뿐만 아니라 한 사회를 함께 살아가는 우리 모두를 위한 발걸음 중 하나라고 여기면 어떨까.

계요등과 쇠무릎의 독 이야기가 임산부 배려석까지 흘러왔다. 식물과 곤충은 살기 위해선 함께 공존해야 한다. 우리도 마찬가지로 살아가기 위해선 공존해야 한다. 식물이든 곤충이든 사람이든 모든 생명체와 함께.

콩과식물은
기버일까 테이커일까

콩과식물: 전 세계적으로 19,500종이 있다. 우리나라에는 콩, 팥, 자귀나무, 아까시나무, 박태기나무 황기 등 100여 종이 자라고 있다. 콩과식물은 뿌리에 뿌리혹박테리아가 공생하여 공기 중의 질소를 고정하여 질소비료로 이용하므로, 질소비료를 줄 필요가 없다.

육식을 하지 않는 나는 매일 콩을 발효시킨 낫토를 먹는다. 단백질을 섭취하기 위해서는 콩 만한 음식이 없다. **콩과식물**에는 된장을 담그는 메주콩, 강낭콩, 완두콩, 쥐눈이콩, 팥 등이 있다. 쥐눈이콩은 쥐의 눈처럼 생긴 콩이라는 뜻이고 약콩이라고도 한다. 또 토끼풀과 봄날 진홍빛 꽃이 다닥다닥 피는 백태기나무와 집에 심으면 부부의 금슬이 좋아진다는 자귀나무와 양봉에 많이 이용되는 아카시나무도 **콩과식물**이다.

콩의 원산지는 우리나라 북부와 만주 벌판이다. 백두산에서 시작하여 동해로 흘러 들어가는 두만강의 두만이 콩이 가득하다는 뜻이다. 우리나라에서 팥을 키우기 시작한 것은 청동기 때부터라고 추정한다. 함경북도 회령의 오동유적지에서 탄화된 팥이 나왔고, 경기도 양평의 팔당 수몰지구에서는 팥 모양이 찍힌 토기가 발굴되기도 했다. 콩을 재배한 역사가 오래되었기 때문에 콩을 발효한 된장과 간장 같은 음식문화가 발달한 것이다.

콩과식물은 척박한 장소에서도 잘 자란다. 그 이유는 대기 중의 질소를 이용할 수 있기 때문이다. 물론 공기 중에 질소를 직접 흡수할 수는 없기에, 뿌리혹박테이라의 도움을 받는다. 콩과식물의 뿌리에 붙어있는 둥근 혹 속에 뿌리혹박테리아가 살고 있다. 콩과식물은 뿌리혹박테리아에게 양분과 물이라는 비용을 지불해야 비로소 질소를 얻을 수 있다. 콩과식물과 뿌리혹박테리아처럼 식물이나 동물이 물과 양분을 서로 주고받으며 사는 것을 공생이라고 한다.

콩과식물은 필요한 질소를 얻으면서도 되도록 물과 양분을 적게 보내려고 할 것이다. 하지만 양분을 적게 보내주면 필요한 질소의 양을 공급받지 못하고, 제대로 성장할 수 없다. 그렇기 때문에 콩과식물은 뿌리혹박테리아에게 줄 공간 즉 혹의 크기와 물과 양분의 양을 조절한다고 한다. 질소가 부족하면 뿌리혹박테리아에게 물과 양분을 더 보내주지만, 질소가 충분히 공급되면 물과 양분을 적게 보내준다고 한다.

사람의 관계도 마찬가지로 서로 주고받는 관계가 좋다. 한 사람은 일방적으로 주기만 하고 다른 한 사람은 받기만 하면 관계가 오래 지속이 되기 어렵다.

애덤 그랜트는 저서 《기브 앤 테이크》를 통해 기버와 테이커, 매쳐를 정의해놓았다. 매쳐는 받는 만큼 돌려주는 사람, 테이커는 주는 것보다 많이 받는 사람, 기버는 받는 것보다 많이 주는 사람. 기버 중에는 하층민이 많지만 크게 성공한 사람도 기버가 많다고 한다. 성공한 기버는 다른 사람의 이익을 챙기지만, 자신의 이익도 동시에 챙긴 사람이라고 한다. 실패한 기버는 이타심으로 똘똘 뭉쳐진 사람으로 자신보다 타인의 이익을 중요하게 생각한다. 그래서 타인의 이익만을 위해 자신의 욕구는 미뤄두고 남을 위해 이 일 저 일 도맡아 한다. 이렇게 자신을 돌보지 않으면 결국 자신은 피폐해지고 마는데, 그렇게 자신이 망가지고 나면 남을 도와줄 여유가 있겠는가.

질소를 얻는 만큼 뿌리혹박테리아에게 물과 양분을 조절해서 주는 콩과식물은 매쳐일까? 콩과식물이 매쳐와 테이커와 기버 중 어디에 속하던 무슨 상관이 있는가. 콩과식물이 기브 앤 테이크를 잘해서 죽지 않고 살아가잖는가. 기브 앤 테이크를 적절하게 하면서 살기란 쉽지 않다. 주는 만큼 돌려주면 정이 없게 느껴지고, 주는 것보다 많이 받으면 욕심이 많게 느껴진다. 준 것만큼 돌려받지 못하면 손해를 보는 것 같다. 어떻게 하면 콩과식물처럼 적절하게 주고받을 수 있을까 생각해본다. 크게 성공하기 위해서가 아니라, 행복하게, 또 자신으로 살기 위해서.

난쟁이버들에게
새로운 이름을 지어준다면

난쟁이버들: 버드나무과의 낙엽떨기나무이다. 높은 산에 자란다. 높은 산엔 바람이 많아 줄기가 옆으로 자란다. 가지는 노란색이다.

세상에서 가장 작은 나무는 난쟁이버들이다. 하늘을 향해 뻗은 나무 높이가 겨우 1~6cm라니, 이렇게 작은 이유는 난쟁이버들이 사는 북극 지역과 북대서양 주변의 높은 산이 매우 춥고 바람까지 매섭기 때문이다.

나무의 모습, 말하자면 높이, 가지가 뻗은 모습, 잎의 모양과 크기, 두께와 색깔, 뿌리의 모양과 길이는 그 나무가 살아온 환경에 따른 것이다. 햇빛 아래에서 오랫동안 일한 사람이나 한여름 바닷가에서 피서를 다녀온 사람의 피부가 새까만 것처럼 말이다. 식물의 모습은 살아온 환경 때문일 뿐인데, 왜 이름 앞에 키가 작은 사람을 낮잡아 일컫는 난쟁이란 낱말을 붙였을까? 나무의 높이가 낮으면 열등한 나무일까?

'작은 고추가 맵다.'라는 속담이 있다. 이 말은 작은 사람이 일을 강단있게 잘한다는 의미로 일종의 칭찬 같은 말이다. '큰 사람은 싱겁다.'라는 말과 비교해 보면, 키가 작은 사람은 여유가 없다는 말로 들리기도 한다. 왜냐하면 '큰 사람은 싱겁다.'는 말은 큰 사람은 농담도 곧잘 하고 좀 실없이 군다는 말이다. 이 말은 큰 사람은 여유가 있다는 말이다. 큰 사람이 싱거울 수 있는 이유는 싱겁게 굴어도 다른 사람이 얕잡아 볼 수 없기 때문이다. 작은 사람은 작다는 이유만로 무시당한 경험이 있을 것이다. 작은 사람이 실없이 굴면 사람들이 얕잡아 보고 함부로 대하기 쉬워, 무시당하지 않으려고 하다 보니 '맵게' 된 것이다.

크고 싶은 욕구는 사람뿐만 아니라 식물에게도 있다. 식물이 이런 욕구를 갖게 된 이유는 높이 자랄수록 햇빛을 받을 기회가 많기 때문이다. 햇빛을 받지 못하면 광합성을 못해 죽기 때문이다. 옆에 큰 식물이 있다면 햇빛을 가려서 잘 자랄 수 없다. 식물은 크다고 마냥 좋기만 한 것은 아니다. 높은 산에 산다면 말이다. 높은 산에는 춥기도 하고 바람도 매우 강하게 부는데, 크다면 쓰러지기 쉽고 얼어 죽기도 쉽다.

난쟁이버들이 바로 쓰러지지도 않고 얼어 죽지도 않기 위해서 높이 자라지 않는 것이다. 난쟁이버들은 줄기와 가지를 옆으로 길게 뻗는다. 이는 차가운 바람을 피하기 좋기도 하고, 공중과 비교해 땅속의 열기를 받아들이기 좋기 때문이다. 난쟁이버들은 광합성을 많이 하려면 잎이 넓은 것이 낫지만, 넓게 만들 수 없다. 왜냐하면, 잎을 넓게 만들면 그만큼 얇게 만들 수밖에 없다. 사용할 수 있는 양분이 무한정 있는 것이 아니기 때문이다. 얇은 잎은 추위에 얼기도 쉽고 세찬 바람이 불면 찢어지기 쉽다.

난쟁이버들이 사는 곳의 환경이 열악하다고만 할 수도 없고, 이는 한편으로 난쟁이버들에게 매우 좋은 조건이다. 식물이나 사람 모두 좋은 조건에서 살고 싶어 한다. 난쟁이버들이 사는 높은 산은 식물이 살기에 환경이 좋지 않다. 그래서 식물이 많이 살지 않아 경쟁할 대상이 별로 없기 때문이다. 난쟁이버들이 높이 1~6cm로 살아남을 수 있는 것은 햇빛을 가리는 식물이 없어서다. 식물에게 높이 자라는 것보다 더 중요한 것은 씨앗을 남기는 것이다. 난쟁이버들은 햇빛을 가릴 나무도 거의 없는데 애써 높이 자랄 이유가 있겠는가? 하늘을 향해 높이 자라는 것보다 한 톨의 씨앗이라도 더 남기는 게 낫다. 또 조금이라도 더 튼튼하게 만드는 것이 낫다.

난쟁이붓꽃, 난쟁이바위솔 등 난쟁이라고 불리는 식물들이 많다. 앞으로는 더 많은 난쟁이식물이 탄생될 것이다. 워싱턴주립대학교 교수 B. W.(Joe) Poovaiah와 연구조원 Liqun Du가 식물의 최종 크기를 조절하는 방법을 발견했는데, 이 기술은 식물을 땅으로 기는 수준으로까지 줄일 수 있다고 한다. 앞으로 작은 식물이 많이 생겨날 것이다. 이 많은 식물 이름에다 모두 난쟁이란 단어를 붙이지 않았으면 좋겠다.

EBS 프로그램 〈육아학교〉에서 언어가 우리의 행동을 바꾸고 세상의 프레임을 바꾼다면서 '불법체류노동자'와 '무상급식'이란 단어를 예시로 제시했다. 불법체류노동자란 말에서는 범법자의 느낌이 강하게 드는데, 이를 미등록외국인으로 바꾸면 조금은 그 느낌이 사라진다. 무상급식이란 말은 가정형편이 좋지 않은 사람에게 무료로 식사를 제공하는 것이다. 반면 의무급식이란 말은 식사를 제공 받는 것이 권리라는 뜻이다. 무상급식을 제공 받는 사람은 곧 형편이 좋지 않은 사람임을 뜻하는 거니까 식사를 제공받으면서도 수치심을 느낄 수 있다. 불법체류노동자란 말이 미등록외국인으로, 무상급식이 의무급식으로 표현이 바뀐다고 해도 내용이 달라지지 않는다. 이에 해당하는 사람들의 자존감을 깎아내리는 말에서 존중하는 말로 바뀐 것이다.

식물은 사람 없이도 살아갈 수 있는 존재다. 우리 사람은 식물 없이 살아갈 수 없다. 우리의 생존이 달린 존재인 식물을 존중하며 서로 어울려 살아가려는 마음이 우리를 더 행복하게 하지 않을까? 난쟁이버들의 이름을 매우나직버들, 새끼손가락버들,

일센티버들이라고 이름을 바꿔 불러본다. 이 이름들은 매우 작고 귀여운 나무를 상상하게 만든다.

모든 살아있는 것들은 자신을 위해 살아간다는 생각이 든다. 이 세상은 자신을 위해 살아가는 생명체들이 모여서 거대한 톱니바퀴처럼 맞물려서 순환하는 것이고, 그러니까 더 우월한 존재가 따로 있는 것이 아닐 것이다.

식물도 존중받아야 할 존재가 아닐까? 식물이 난쟁이란 말의 뜻을 모를 수 있어도 난쟁이란 단어의 어감 좋지 않다는 것을 느낄 것이다. 난쟁이버들 이름뿐만 아니라 듣기에 좋지 않은 식물 이름이 모두 바뀐다면 좋겠다. 우리가 하는 모든 말은 다른 사람에게 하는 말인 동시에 내게 하는 말이다. 왜냐하면, 우리가 다른 사람에게 하는 어떤 말이라도 우리 자신이 듣기 때문이다. 우리가 좋지 않은 말을 하는 것은 우리 자신을 존중하지 않는 것이다. 그깟 작은 식물 이름 하나를 가지고 그러냐고 할 수 있겠지만, 말에는 우리의 가치와 철학이 담겨있다는 걸 잊지 말았으면 좋겠다.

사향제비나비는 쥐방울덩굴을 먹고 독을 얻는다

사향제비나비: 호랑나비과 곤충으로 사향 냄새가 난다. 수컷은 날개 윗면이 검고 광택이 조금 있으며, 암컷의 날개 윗면은 황갈색으로 광택이 없다. 수컷에는 뒷날개 윗면에 주황색 반달무늬가 없거나 희미하고 암컷에는 뚜렷하게 나타난다. 번데기로 월동한다. 제주도를 제외한 전국에 산다.
쥐방울덩굴: 쥐방울덩굴과에 속하는 식물이다. 산과 들에서 자라는 덩굴성 여러해살이풀로 지름이 3cm 정도의 둥근 열매가 열린다. 열매 밑부분이 여섯 조각으로 갈라져서 펴지면 열매 끝에서 꽃자루까지 실처럼 가늘게 이어져 있는 모습이 낙하산을 닮았다.

봉무공원 나비정원을 산책할 때였다. 사향제비나비가 쥐방울덩굴 뒷면에 꽁지를 대고 있었다. 나비가 왜 풀잎에 꽁지를 대고 있는지 궁금했다. 고개를 숙여 바라보니 알 낳고 있었다. 알은 주황색으로 쥐방울덩굴 녹색의 잎 위에서 선명하게 드러났다. 제비나비의 이름에 사향이 붙은 이유는 수컷의 몸에서 사향 냄새가 나서다. 사향제비나비는 호랑나비과에 속하는데, 앞날개도 길고 뒷날개에 달린 꼬리도 길다.

사향제비나비는 왜 쥐방울덩굴 잎에 알을 낳을까? 쥐방울덩굴이 애벌레의 먹이식물이기 때문이다. 사향제비나비가 쥐방울덩굴 잎에 알을 낳는 것은 자식을 향한 부모의 사랑이다. 알에서 깨어난 애벌레가 먹이를 찾아 이곳저곳 헤맬 필요 없이, 바로 그 자리에서 먹이를 먹게 하기 위한 배려이다. 곤충이 먹이식물이 아닌 곳에 알을 낳는다면 알에서 갓 깨어난 애벌레는 어떻게 될까? 굶어 죽기 쉽다. 고물고물 기는 작은 애벌레가 먹이식물을 찾아가는 일은 쉽지 않다. 먹이식물을 찾아가다가 천적에게 잡혀 먹히거나 굶어 죽게 될 것이다.

내가 처음 쥐방울덩굴을 본 것은 어떤 건물의 작은 화단이었다, 쥐방울덩굴은 줄기가 약 15cm 정도 자랐고 잎도 몇 장 달고 있었다. 반가웠다. 멸종위기 식물이 도시 한복판에 있다니! 그런데 얼마 뒤 그곳을 다시 방문했을 땐 흔적 없이 사라졌다. 누군가가 뽑아버린 것이었다.

쥐방울덩굴 꽃은 다른 꽃들과 매우 다르게 생겼다. 보통 우리가 꽃이라고 하는 부분은 꽃잎이 아니라 꽃덮개이다. 쉽게 말하면, 꽃덮개는 암술과 수술을 둘러싸고 보호하는 기관으로 꽃부리와 꽃받침을 구별할 수 없는 경우 이 둘을 통틀어 이르는 말이다. 쥐방울덩굴의 꽃덮개는 연녹색의 긴 나팔 모양으로 암술과 수술을 감싸고 있는데, 아랫부분은 콩처럼 볼록하다. 열매는 지름 3cm 정도의 둥근 모양으로 밑 부분은 여섯 개로 갈라진다. 갈라진 여섯 조각이 각각 가는 실처럼 갈라진 꽃자루에 매달린 것을 보면 누구라도 낙하산을 떠올릴 정도로 낙하산 모양과 똑같이 생겼다.

곤충의 알과 애벌레는 대개 천적에게 들키면 잡아먹히니까, 주변과 비슷한 색의 몸을 가지고 있다. 그런데 사향제비나비는 왜 눈에 잘 띄는 주황색 알을 낳는 걸까?

쥐방울덩굴은 아리스톨로크산이라는 독을 품고 있다. 쥐방울덩굴이 자신을 보호하기 위해 독을 만들었지만, 이를 평생토록 유용하게 이용하는 것은 사향제비나비다. 사향제비나비 유충은 쥐방울덩굴 잎을 갉아 먹으면서 이 독을 몸에 저장한다. 사향제비나비 애벌레는 대낮에 잎 위에서 당당히 갉아먹는다. 애벌레의 모습은 검은색과 하얀색이 얼룩져있는데, 언뜻 보면 새똥처럼 보인다. 새똥 같은 몸 군데군데 붉은 점들이 찍혀있다. 이 붉은 점들은 "내겐 독이 있다. 나를 먹으면 너도 죽는다."라고 경고색이다. 사향제비나비는 알 표면에 독을 바른다고 한다. 이것이 바로 사향제비나비가 주황색 알을 낳는 이유인 것이다. 애벌레는 알을 깨고 나오자마자 알껍질을 먹어치운다. 그러니까 껍질에 있는 양분만이 아니라 독까지 먹고, 또 쥐방울덩굴 잎을 갉아 먹으면서 몸속에 독을 모은다.

사향제비나비는 여유롭게 너울너울 날아다닌다. 사향제비나비의 날개는 검은 바탕에 붉은 반점이 있다. 붉은 반점은 독이 있다는 경고 표시로 천적에게 몸을 숨기는 것이 아니라 도리어 드러낸다. 왜냐하면, 천적인 새가 다른 나비로 착각하지 않도록 하기 위해서다. 말하자면 천적이 자신을 잘 알아보도록 천천히 나는 것이다.

취방울덩굴이 애써 독을 만들었는데, 이는 헛수고일까? 쥐방울덩굴은 헛수고한 것은 아니다. 사향제비나비 애벌레가 잎을 갉아먹긴 해도, 다른 곤충은 독 때문에 감히 먹을 엄두를 못 내는, 넘볼 수 없는 넘사벽이다. 우리도 무엇인가를 애써 했는데, 목표에 못 미치거나, 타인이나 사회 상황에 의해 망칠 때가 있다. 이때 우리는 헛수고했다며 좌절하기 쉽다. 이런 경우에 우리의 상황이 쥐방울덩굴과 비슷하다고 생각하면 어떨까? 사향제비나비에게 방어막이 뚫렸나는 사실보다, 다른 곤충들을 방어했다는 것에 중점을 둔다면, 실패했다기보다는 성공한 측면이 더 많으니까.

독이 없는 나비 애벌레들은 잎의 뒷면에 숨어서 잎을 먹기도 하고, 어두워지면 기어 나와서 잎을 갉아 먹는다. 이는 녹색의 몸을 가진 애벌레는 독이 없어서 다른 동물들이 잘 잡아먹는다는 것을 알기 때문이다.

사향제비나비가 천적에게 자신을 노출 시킬 수 있는 이유는 몸속에 독이 있기 때문만은 아니다. 자신의 몸에 독이 있다는 것을 알고 그 독이 천적이 먹지 못한다는 것까지 알기 때문이다.

'너 자신을 알라.'라고 한 소크라테스의 말을 생각해 본다. 곤충들은 자신을 잘 알고 있는 것 같다. 독이 없는 애벌레들은 잎과 비슷한 녹색의 몸을 하고도 천적 몰래 숨어서 생활한다. 반면 독이 있는 사향제비나비는 천적이 있건 없건 자신의 생활 습관대로 산다.

새가 자신을 잡아먹지 못할 거라는 사향제비나비의 자신감에 독이라는 근거가 있듯, 우리도 당당하게 살아가려면 근거 있는 자신감, 사향제비나비의 독 같은 것이 필요하겠다. 우리가 가진 것이 아무것도 없다고 한탄만 하고 있으면, 불행의 늪으로 더 깊이 빠질 뿐이다. 우리가 자신감이 없는 이유는 가진 것이 없기 때문이 아니라 가진 것이 없다고 생각하기 때문이다.

우리가 돈을 한 푼도 안들이고 가질 수 있는 것이 있다. 그건 바로 독기이다. 독기는 마음만 있으면 된다. 돈 한 푼 투자한 것이 없는데 무슨 이득을 낼 수 있을까 싶지만, 반드시 이득을 낼 수 있는 것이 독기다.

독은 독으로 다스린다는 말이 있다. 누군가가 우리를 향해 독화살을 쏘았다고 해도, 우리 속에 이보다 강한 독을 품고 있다면 화살의 독이 맥을 못 출 것이다. 말에도 독이 든 말이 있다. 바로 독설이다. 어떤 독설에는 우리의 자존감에 상처를 입히고 살아갈 희망이 잃게 하는 갑질 독설이 있는 반면, 우리에게 깨달음을 주고 앞으로 나아가게 하는 동력이 되기도 하는 독설도 있다.

그런데 성공한 사람의 독설을 들어도 왜 가슴에 독기가 쌓이지 않을까? 아무리 성공한 강연가의 독설이라도 식혜를 만들

때 사용하는 엿기름 한두 방울밖에 안 된다. 한두 방울의 엿기름으로는 식혜를 만들 수 없다.

독설은 우리를 잠깐 앞으로 나가게 할 수 있어도, 지속하여 나아가게 할 수 없다. 독설은 일침이거나 회초리로 종아리를 한 번 때리는 것과 같다. 몸이 아픈 사람에게 침 한 대를 놓아서 낫게 하기는 거의 불가능하다. 또 사람을 회초리로 때려서 행동을 바꾸게 하는 일도 쉽지 않다. 만약 이게 가능하다면 세상엔 환자가 없을 것이고 같은 잘못을 반복하는 사람도 없을 것이다.

우리에겐 미켈란젤로 동기 같은 내적 동기가 필요하다. '독기를 품어라.'는 말이 바로 강한 내적 동기를 가져란 말이다. 강한 내적 동기를 가지면, 다른 사람의 눈치를 보지 않을뿐만 아니라 포기하지 않을 것이다. 우리가 가슴에 지녀야 할 독기의 이름을 높은 자존감, 강한 멘탈, 회복 탄력성, 깡이라고 불러도 상관없을 것이다.

이들 말의 맥락을 달리 말하자면, 상황이 나쁠 때, 우리 마음이 흔들리지 않는다는 것이 아니다. 흔들리더라도 제자리로 돌아오는 시간이 많이 들지 않는다는 뜻이다. 우리가 바라는 것을 이룰 때까지 포기하지 않고 나아간다는 뜻이다. 사향제비나비는 쥐방울덩굴을 먹고 독을 얻지만 우리는 독기를 자신의 내부에서부터 만들어내야 한다.

선인장과 낙타는 변화했을까 포기했을까

선인장: 선인장과에 속하는 식물을 일컫는 말이다. 아메리카 원산이며 가장 척박한 땅인 사막에서 살아가는 식물이다. 기둥 모양의 선인장에서 덩굴성까지 종류가 다양하다. 다른 다육식물과 달리 가시자리가 있다. 가시자리는 가시가 돋은 가장자리에 있는 보송보송한 털을 말한다.

낙타: 낙타과의 동물로 단봉낙타와 쌍봉낙타가 있다. 낙타 중 90%가 단봉낙타이다. 서아시아와 북아프리카의 사막 지대에 서식한다. 주로 사막을 이동하거나 짐짝을 운반하는 수단으로 쓰이는 가축이며, 육류·유제품을 만드는 데 사용되는 식용 가축이기도 하다. 천적은 호랑이, 사자, 늑대무리다.

선인장은 잎을 포기했다. 식물이 광합성을 해서 먹고 살려면, 넓은 잎이 있으면 더 좋은데 말이다. 우리의 삶도 선인장과 별반 다르지 않다. 우리도 살아가면서 상황에 따라 포기할 것들이 있으니까.

선인장은 몸속의 수분을 조금이라도 더 많이 더 오래 저장하기 위해서뿐만 아니라 뜨거운 햇볕에 잎이 마르거나 타서 죽지 않기 위해서도 잎을 포기하고 가시를 선택했다. 사는 곳이 사막이라 선택의 여지가 없었다. 선인장은 어쩔 수 없이 한 선택으로 인해 사막에서 잘 살아낼 수 있다. 선인장은 잎만 포기한 것이 아니라, 몸속 광합성을 하는 시스템까지 바꿔버렸다. 보통 식물은 낮에 기공을 열어 이산화탄소를 흡수해서 광합성을 한다. 햇빛이 강한 사막에서 대낮에 기공을 열었다간 몸속의 수분이 말라

죽을 수 있다. 선인장은 밤에 기공을 열고 이산화탄소를 흡수하여 저장해놓는다. 햇빛이 많은 낮에 기공을 꽁꽁 걸어 잠그고 광합성을 한다. 발상 전환을 한 것이다. 햇빛이 있을 때 기공을 열어 이산화탄소를 흡수하면서 광합성을 해야 한다는 고정관념을 깬 것이다. 선인장은 그렇게 잎 대신 가시를 선택하고 거기다가 삶의 방식까지 바꿨다.

우리도 세상에 적응해서 살아내려면 발상을 전환하고 삶의 방식을 바꿀 필요가 있다. 오래 전에 발명지도자 교육을 받은 적이 있다. 선인장의 삶에서 내가 그때 배운 발명의 법칙을 발견할 수 있다. 그 가운데 하나는 뒤집어 보기인데, 식물들은 낮에 기공을 열고 이산화탄소를 흡수하는데, 선인장은 이와는 반대로 밤에 기공을 여는 것이다. 또 다른 법칙은 키우거나 줄이는 것인데, 선인장은 잎 크기를 줄였다. 그다음은 용도를 바꿔보는 것이다. 몸 자체를 물을 저장할 수 있는 용기로 바꾸었고, 잎을 대신하는 가시는 다용도로 사용한다. 비가 오면 몸속에 빗물을 저장한다. 비가 잘 오지 않는 사막에서 비가 올 때까지 살아남아야 하기 때문이다. 이렇게 수분을 잔뜩 머금고 있는 선인장은 살아있는 생수통이다.

또한 선인장의 가시는 신의 한 수다. 가시는 수분이 날아가는 것을 방지해 주고, 또 촘촘한 가시는 이슬이나 빗물을 잡아둔다.

이외에도 촘촘한 가시는 햇빛을 교란하여 줄기에 햇빛이 닿지 못해 선인장의 온도가 올라가는 것을 방지해 준다. 또 목이 말라도 동물들은 가시가 달린 선인장을 함부로 먹을 수 없다. 선인장이 잎 대신 선택한 가시는 마치 맥가이버 칼과 같다. 선인장이 사막에서 살아가는 데 꼭 필요한 여러 가지 기능들을 갖추고 있다.

그런데 이런 선인장의 가시를 무력화시켜버리는 동물이 있다. 이 동물은 바로 낙타다. 가시가 달린 선인장을 우적우적 씹어 먹는 낙타를 보면 마술을 보는 것처럼 신기하다. 우리에겐 입속의 피부가 부드럽고 연약하다는 고정관념이 있기 때문이다. 그래서 입속 피부가 가시에 찔려 피가 나고 고통스러울 거라 여기지만 낙타는 아무렇지 않게 가시가 달린 선인장을 씹어먹는다. 낙타의 입속 피부는 부드럽지 않다. 가죽처럼 질기고 두터운 데다 단단한 돌기까지 돋아 있어 가시에 찔리지 않는다.

낙타가 처음에 살던 곳은 북아메리카였는데 왜 사막에서 살게 되었을까? 북아메리카 대륙에 살던 힘센 육식동물에게서 밀려났기 때문이다. 낙타는 180만 년 전 빙하기가 시작될 무렵, 긴 여행을 시작했다. 이때는 대륙이 갈라지기 전이었다. 긴 여행 끝에 낙타들이 자리 잡은 곳이 중동의 사막이었다. 사막은 동물이 살기에 매우 열악한 환경이다. 그래서 사막에 사는 동물이 거의 없다. 낙타는 다른 동물과 먹이 경쟁을 할 필요가 없다. 또 힘센 동물에게 잡혀 먹힐 걱정을 하지 않아도 된다. 그런 낙타에게 사막은 천국이지만, 그러면서도 낮에는 60~70도 기온을 견뎌내야 하고 부족한 물과 먹이는 찾는 일은 그야말로 생사를 오가게 한다. 사막에서 살아남기 위해 낙타는 자신을 바꿔나갔다. 낙타의 몸 온도가 모랫바닥의 온도보다 10도 낮게 유지할 수 있는 것은 긴 다리 덕이다. 두터운 털은 햇빛을 반사시켜 몸의 온도를 낮춰주는 단열재 역할을 톡톡히 해낸다. 넓적한 이마는 눈에 햇빛이 닿지 않도록 해준다. 눈꺼풀은 모래가 눈에 들어가지 않게 하고, 눈물샘에서 나오는 눈물은 코를 통해 다시 몸속으로 들어간다. 숨을 쉴 때 나가는 수분을 잡기 위해 코 밑에 구멍까지 만들어 놓았다. 모래바람이 불 때 모래가 들어오지 않도록 콧구멍을 닫을 수도 있다.

낙타는 사막에서 수분을 얻기 위해 씨앗이나 가시덤 혹은 가죽과 동물의 뼈까지 먹는다. 또 하루 최대 200리터까지 물을 마실 수 있다. 다른 동물이라면 죽고 남을 물의 양이다. 오줌도 농축해서 누고 수분을 제거한 변은 땔감으로 사용할 수 있다. 일일이 다 열거할 수 없을 만큼 변화시켜 온 낙타의 몸은 사막에서 사는데 최적화되어 있다. 낙타는 사막에서 살기 위해 자신의 몸을 변화시켰지, 사막을 변화시키지는 않았다. 선인장도 마찬가지다.

그런데 인간은 어떤가? 우리 인간은 자연을 극복하고 살아남기 위해, 좀 더 안락하게 살기 위해 너무 많은 도구를 만들어냈다. 인간이 만든 도구는 지구의 환경을 변화시켰다. 인간이 잘살기 위해 한 행동들이 인간뿐만 아니라 동물과 식물까지도 살 수 없게 만들고 있다. 인간에게는 지구를 모든 생명체가 함께 살아갈 수 있는 곳으로 되돌려 놓을 책임이 있지 않을까? 이 책임을 다하기 위해 선인장이나 낙타처럼 우리가 변화해야 하지 않을까 싶다. 우리가 변화하지 않는다면 지구뿐만 아니라 우리 인간을 포함한 모든 생명체를 포기하는 것과 마찬가지가 아닐지 생각한다.

질경이처럼 가만히 있다면
기회가 찾아오지 않는다

질경이: 질경잇과 여러해살이풀이다. 잎과 꽃이 뿌리에서 모여난다. 잎은 난형 또는 넓은 난형으로 길이 2~15cm, 너비 1~8cm이다. 꽃은 5~9월에 차례로 피며, 노란빛이 도는 흰색이다. 꽃부리는 깔때기 모양, 끝이 네 갈래로 갈라진다. 씨앗 껍질을 차전자피라고 하는데, 변비에 좋아 건강보조식품으로 판매되고 있다.

대구수목원에서 자원봉사를 시작하고 얼마 되지 않았을 때였다. 자원봉사를 하는 동료들과 식물답사를 갔다. 숲길에 질경이가 몇 포기 보였다. 나는 소리를 질렀다. "와~ 질경이가 너무 예뻐요." 그러니 한 선생님이 "어디가 예뻐요?"라면서 나보고 아무거나 다 예쁘다고 한다고 했다.

질경이 잎은 뿌리에서 뭉쳐난다. 잎몸은 달걀 모양이나 타원 모양이고 잎의 가장자리는 물결 모양이다. 잎몸과 연결된 긴 잎자루는 뿌리 쪽으로 내려갈수록 가늘어진다. 햇빛이 많이 내려쬐는 곳에서 자란 질경이의 잎은 땅바닥 가까이 붙어있다. 게다가 잎이 거칠고 두껍고 잎자루 길이도 짧다. 사람이나 동물에게 밟혀 꽃대 높이 자라지 않아 작달막하다. 그런데 그날 내가 본 질경이는 옛 선비들이 즐겨 그렸던 난초 같았다. 질경이의 길쭉한 타원 모양의 잎몸과 이어진 기다란 잎자루가 완만하게 휘어져 있었다. 뭉쳐난 질경이 타원형 잎들 가운데 꽃대가 길게 자라 우뚝 솟아있었다. 꽃대에는 자잘한 녹색 꽃들이 촘촘하게 달려있었다.

사실 내가 예쁘다고 한 것은 질경이의 꽃이 아니었다. 난초 잎처럼 우아하게 휘어진 질경이 잎들과 그사이 우뚝 솟은 꽃대가 만들어 낸 선이었다. 식물의 꽃과 색깔만 아름다운 것이 아니다. 나뭇가지들이 얽어서 만들어낸 선이 아름답기도 하고 가지가 만들어낸 선과 선 사이 여백이 아름답기도 하다. 또 껍질이 만들어내는 질감과 무늬와 광택들도 아름답다.

보통 내가 식물을 아름답다고 말할 때는 활짝 꽃만이 아니다. 식물들이 어우러져서 만든 선들과 여백, 그 선과 여백과 자연의 다른 요소들이 섞여서 만들어진 것들이 내 눈에 아름답게 보였을 때다. 이는 다른 사람들이 식물을 아름답다고 말하는 것과 차이가 있을 수 있다.

질경이는 양지바른 길이나 들에서 자란다. 우마차가 지나가도 잘 자란다고 하여 차전초라고 하기도 한다. 우마차가 지나가면서 잎을 짓이긴다고 생각해 보라. 아무리 식물이라도 이런 곳에서 살고 싶지 않을 것이다. 질경이는 햇빛은 차고 넘치지만 언제 어떤 일이 일어날지 모르는 장소를 선택했다.

사람들이 자주 다니는 산길 가운데에서 자라는 질경이 잎은 대부분 땅에 납작 붙어있다. 질경이 잎을 잘라보면 하얗고 긴 잎맥이 나오는데 꼭 바느질할 때 사용하는 실처럼 생겼다. 햇빛 아래서 자란 잎맥이 그늘에서 자란 잎맥의 강도보다 훨씬 강하다. 그래서 사람이나 동물의 발에 밟혀도 별 상관없다. 실처럼 생긴 잎맥이 질겨서 잘 끊어지지 않기 때문이다. 하지만 질경이는 잎이 자라고 꽃을 피우고 씨앗을 맺는 동안에는 자신을 밟는 것들이 없기를 바란다.

씨앗을 맺고 나면 질경이가 원하는 것이 달라진다. 우마차 혹은 사람이나 동물이 자신을 밟아주길 원한다. 밟혀야 씨앗을 멀리까지 퍼뜨릴 수 있기 때문이다. 질경이의 씨앗은 매우 작아서 먹을 것도 거의 없는데다 끈적끈적하다. 질경이 씨앗을 먹어줄 동물이 없다는 말이다. 이것이 질경이가 사람이나 동물이 밟아주기를, 우마차가 지나가기를 기다리는 이유다. 사람이나 동물이 지나다니는 길가에 사는 이유이기도 하다.

내가 본 질경이는 약간 그늘이 지고 사람이나 동물이 거의 지나가지 않는 곳에 있었다. 이 질경이도 뿌리를 내리고 잎을 내밀고 꽃을 피우고 열매를 맺는 가장 큰 이유는 씨앗을 만드는 것이다. 또 애써 만든 씨앗을 멀리 퍼뜨리는 것이다. 인간의 눈에 아름답게 보이는 것이 질경이 입장에서 무슨 소용이 있겠는가. 질경이 입장에선 모양이 예쁘지만 씨앗을 멀리 못 퍼뜨리는 것보다 좀 못생겨도 씨앗을 잘 퍼뜨리는 게 더 좋다. 왜냐하면 질경이의 최종 목적이 씨앗을 만들고 멀리 퍼뜨리는 것이기 때문이다.

내가 본 아름다운 질경이는 산길 복판에서 사는 질경이를 부러워할 것 같다. 씨앗을 맺고 나서는 더욱 부러워할 것 같다. 사람의 발에 밟혀 찢어져 구멍이 난 잎에다 꽃대가 낮아 볼품없지만, 사람이나 동물들이 지나가면서 밟아줄 테니까. 그러면 목적을 이룰 기회가 훨씬 많이 오니까.

질경이가 가만히 사람이나 동물이 지나가기를 기다리는 것처럼, 우리는 가만히 앉아 있으면 기회가 찾아오지 않는다. 다른 사람이 기회를 만들어 주지 않기에 사람들은 기회를 스스로 만들어야 한다고 한다. 그럼 우리는 어떻게 기회를 만들어야 할까? 기회의 다른 이름은 도전이다. 우리가 도전할 때 우리에게 기회가 찾아온다. 우리는 그 도전이 성공할 기회인지 실패할 기회인지 모른다. 도전하지 않는다면 기회조차 찾아오지 않는다. 우리는 실패할까 봐 도전하지 못할 때가 상당히 많다. 우리가 도전하지 못하는 이유는 실패할까 봐 불안하기 때문이다.

'모든 도전은 성공한다.'라고 말하면 뚱딴지같은 말처럼 들릴까? 도전하는 목적을 어떤 일을 이루기 위함이 아니라 경험에

둔다면, 모든 도전은 성공할 수밖에 없다. 질경이가 좋지 않은 환경에 있을 때 씨앗을 퍼뜨릴 기회가 많은 것처럼 우리도 도전할수록 실패를 많이 하겠지만, 좋은 기회도 그만큼 더 많이 찾아올 것이다.

작약의 꽃말은
'새로운 시작을 축하합니다'

작약: 미나리아재비과 식물이다. 낮은 산지에 자생한다. 관상용으로 심는 여러해살이풀이다. 뿌리는 굵고 여러 갈래로 갈라지며, 약용으로 사용한다. 우리나라 전역에 난다. 중국 진과 명나라 시대부터 관상용으로 재배하였다.

봄이면 마당 가 텃밭에 분홍 작약이 가득 피었다. 작약은 미나리아재비과 여러해살이 식물로 속명은 'paeony'이다. 이 속명은 그리스신화에서 작약을 약용으로 최초로 사용한, 신들의 의사인 'Paeon'의 이름에서 유래되었다. 작약의 진화 역사는 1억 5000만 년 전 백악기까지 거슬러 올라가는데, 원산지는 중국이라 한다. 옛날부터 작약은 동서양 모두에서 약용과 관상용으로 사용되었다.

작약의 꽃말은 '새로운 시작을 축하합니다.'이다. 이외에도 '수줍음'도 있지만, 나는 '새로운 시작을 축하합니다.'가 더 마음에 든다. 보통 작약은 구애에 성공했을 때 상대방에게 주는 꽃이었다. 그래서 '새로운 시작을 축하합니다.'란 의미가 작약 속으로 스며들었을 것이다.

여러 작약 종들을 교배시켜 만든 품종들은 수천 종이 넘는다. 1860년대에 파리에 작약이 소개된 이후 많은 사람이 작약의 아름다움에 빠져들었다. 특히 마네와 마네 르누아르 등 인상주의 최고의 화가들이 작약꽃을 그렸다. 19세기 후반에서 20세기 초 영국에서는 작약꽃의 인기가 하늘을 치솟아 수백 명의 직원이 있는 작약 농장이 생겼다고 한다. 요즘에는 결혼식 부케로도 자주 이용되고 몇몇 지자체에서 작약꽃 축제를 열고 있지만, 일반 대중들에게 그리 알려진 꽃은 아닌 것 같다. 그 이유는 꽃이 피는 기간이 짧아서다. 개화 기간이 긴 품종이 생기고 있으니, 머지 않아 작약꽃 축제도 많이 열릴 것이다.

사실 작약은 관상용이기보다 약초였다. 엄마도 꽃을 보기 위해 작약을 심은 것이 아니었다. 뿌리를 캐어 말려 약초로 내다 팔기 위해서였다. 우리 마당 텃밭에서도 작약 꽃이 탐스럽게 피었다. 꽃송이가 모두 큼직큼직했고 모양과 색깔도 다 달랐다. 작약 한 송이에 달린 꽃잎도 모양이 제각각이었다. 송이마다 모양과 색깔이 다르고, 한 송이에 붙어있는 꽃잎 모양도 제각각 다른 것이 나는 신비로웠다. 꽃잎을 하나씩 떼어보기도 하고 한꺼번에 뽑아내 보기도 했다. 꽃잎을 한 장씩 날려보았다. 나비 같았다. 꽃잎 한 움큼씩 뽑아 하늘을 향해 던졌다. 공중에서 파르르 떨며 떨어지는 꽃잎들은 훨훨 날아다니는 나비떼 같았다.

작약꽃 밭에 들어가 작약 꽃을 꺾던지, 꽃잎을 날리던지 맘대로 할 수 있었다. 작약 꽃밭은 나의 왕국이었고, 내겐 신비롭고 아름다운 동화 속 나라에서의 놀이였는데, 엄마에겐 아니었다. 아버지가 화초를 가꾸는 것을 좋아했다. 텃밭 가에 국화를 심고 꽃밭에는 사철나무와 장미와 코스모스 등 여러 가지 꽃들을 심었다. 그리고 여러 종류의 선인장을 사와 서로 접붙이기도 하셨다. 그래서 당연히 아버지가 작약을 심었다고 생각했는데 엄마가 심었다는 것이다. 아버지가 내게 작약을 심었다고 말한 적이 없고, 가족 중 누구도 아버지가 작약을 심었다고 말하는 것을 들은 적이 없는데, 아버지가 꽃을 좋아하니까 아버지가 심었겠지 혼자 짐작한 것이다. 내가 엄마에 관해 알고 있는 일이 사실과 다른 일이 이것뿐이겠는가.

내가 결혼하고 자녀를 낳아 키울 때였다. 어느 날 엄마가 말했다. 엄마는 한약 재료로 팔기 위해서 작약 뿌리를 캐고 씻어 말려야 했고, 꽃을 팔러 다녔다고. 작약 뿌리를 캐서 씻어 말린 것은 알고 있었지만, 꽃을 팔러 다닌 것은 처음 듣는 말이었다. 엄마는 기차를 타고 인근 도시에 가서 학교 앞이나 큰 시장에서 가서 팔았다고 한다. 엄마가 작약을 담은 붉은 양동이를 이고, 걸은 거리를 셈해본다. 집에서 기차역까지는 어른 걸음으로도 30~40분 정도 걸린다. 무거운 양동이를 머리에 인 엄마는 시간이 더 걸렸을 것이다. 기차에서 내린 엄마가 꽃을 팔기 위해 걸어 다녔을 거리를 내가 셈할 수 없다. 엄마가 어디에 가서 꽃을 팔았는지 전혀 모르기 때문이다. 엄마의 삶의 무게 또한 얼마나 무거웠는지 헤아릴 수 없지만, 작약꽃을 담은 양동이보다 분명 더 무거웠을 것이다.

엄마와 나는 한 지붕 아래에서 살면서 같은 작약꽃을 바라보며 살았지만, 꽃과 관련된 경험이 나는 놀이이고 엄마는 노동이었다. 작약꽃을 생각하면 엄마는 고생한 것이 떠오르고 나는 재밌게 놀던 것이 생각난다. 엄마가 이야기하는 작약꽃과 내가 이야기하는 작약꽃은 완전 다르다. 세상에 존재하는 작약꽃이 엄연히 있지만, 엄마와 나는 세상에 있는 작약꽃 이야기를 하기보다 각자 자신의 작약꽃에 대해 이야기하기 바쁘다.

엄마와 나는 한집에서 살았지만, 어떤 의미로 함께 산 것은 아니었다. 엄마는 엄마의 세상에서 나는 나의 세상에서 살았다. 부모와 자식이 함께 산다는 것은 어떤 삶일까? 우리가 다른 사람과 함께 살 수는 있는 존재이기는 할까? 아기가 태어날 때, 아기는 분명 엄마와 한 공간에 있다. 태어나기 이전 열 달 동안에도 내내 같은 공간에 있었다. 그러나 태어나는 아기가 경험하는 것과 아기를 출산하는 엄마가 경험하는 것은 완전 다르다. 또 엄마의 배 속에 든 아기와 배 속에 아기를 임신한 엄마가 열 달 동안 경험하는 것도 같은 것이라곤 전혀 없다. 한 공간에서 사는 것을 함께 산다고 한다면 우리는 함께 살 수 있는 존재다. 하지만 같은 경험을 공유하는 것을 함께 산다고 하면, 우리는 함께 살 수 없다. 인간이 외로운 존재라고 하는 이유가 엄마와 나처럼 함께 살면서도 진정 함께 살 수 없어서가 아닐까.

달빛 아래 핀 박꽃의 꾸밈없는 우아함

박꽃: 박과의 덩굴성 한해살이풀이다. 꽃은 흰색이며, 보통 오후 5~6시에 피어 다음 날 아침 5~7시에 진다. 개화기는 7~9월로 여름이다. 농가에서 심으며 지붕 위로 뻗어 올라 꽃이 핀다.

네다섯 살쯤 어느 날 밤이었다. 잠을 자는데 번쩍 눈이 떠졌다. 창호지를 바른 방문이 대낮처럼 밝았다. 바깥이 왜 저렇게 밝은지 궁금해 방문을 열어보았지만 영문을 알 수 없었다. 쪽마루로 나가 앉아 주위를 살펴보았다. 하늘에 둥근 보름달이 떠 있었다. 앞집 초가지붕과 우리 집 마당이 달빛을 받아 빛나고 있었다. 대낮과는 달리, 달빛에 명암이 대비되는 밤 풍경은 두렵고도 신비스러웠다. 헛간과 처마 아래와 텃밭 작물 사이사이에 깃든 어둠 속에서 뭔가가 튀어나올 것만 같았다. 나를 잡아갈 것 같은 생각에 불안했다. 방으로 들어가고 싶은 생각이 굴뚝 같았지만, 하늘에서 하얗게 내려오는 달빛이 아름다워서 그렇게 한참 동안 앉아 있었다.

우물 옆 텃밭에서 자라는 작물은 형체를 알아볼 수 없는 검은 덩어리들로 변해있었다. 집 입구 꽃밭에서 자라는 사철나무와 장미나무의 모습은 알아볼 수는 있었다. 다른 식물에 비교해 컸기 때문이다. 앞집 지붕과 텃밭을 바라보다가 우연히 고개를 돌려 아래채 지붕을 쳐다보게 되었다. 지붕 위 박 이파리 사이에 하얀 박꽃들이 피어있었다.

엄마가 얼마 전에 아래채 마당에 심는 것을 보았는데, 박이 벌써 새끼줄을 타고 지붕 꼭대기까지 기어 올라가 꽃을 피웠다. 달빛이 스며든, 주름지고 하얀 꽃과 꽃봉오리는 우아하고 아름다웠다. 이때까지 본 적이 없는 빛깔이었다. 어둠이 주는 두려움을 잊고 박꽃의 은빛 빛깔에 빠져들었다.

한 아이가 우연히 낡은 옷장 문을 열고 들어갔더니, 영원히 겨울이 지속되는 세상이 있었다는 〈나니아 연대기〉처럼, 자다가 방문을 열고 나왔을 뿐인데 은빛 우주가 앞에 펼쳐있었다. 나의 나니아 연대기 중에서 박꽃 이야기는 평생 잊을 수 없는 신비롭고도 아름다운 이야기다.

박은 대부분 흰색 꽃이 핀다. 꽃이 피는 시각은 오후 5~6시 사이이고 지는 시각은 다음 날 아침 5~7시 사이이다. 박과식물에는 오이, 참외, 수세미, 호박, 수박, 메론, 여주 등이 있다. 엄마는 가끔 덜 자란 박을 따 반찬을 만들었다. 식감과 향이 다른 채소들과 매우 달라 낯설었기 때문에, 나는 박나물이 먹기 싫었다. 바가지를 만들 때는 박이 다 익을 때까지 기다렸다. 국민학교 도서관에서 《흥부전》을 읽을 때, 엄마와 할머니가 박을 톱으로 자르던 모습이 떠올랐다.

나의 어린 시절은 6·25가 끝난 지 얼마 되지 않았을 때였다. 집에 있으면 다리를 절거나 후크 선장처럼 갈고리 손을 한 상이군인들과 가끔은 거지들이 박 바가지를 들고 구걸하러 오기도 했다. 나는 무서웠다. 할머니는 가족 중 누가 음식을 먹고 체하면, '양밥'이란 것을 했다. 할머니는 박으로 만든 바가지에 밥 한 숟가락과 물을 넣고 저었다. 그다음엔 한 손에는 바가지를 들고 다른 손에는 식칼을 들었다. 어떤 주문을 외고 식칼을 마당에 던졌다. 칼의 뾰족한 끝이 대문 쪽을 향하면 체한 것이 내려간다고 했다. 단번에 칼이 대문 쪽으로 향할 때도 있었다. 칼이 대문 쪽을 향하지 않으면, 할머니는 칼이 대문 쪽을 향할 때까지 계속 칼을 던졌다. 그때는 길을 가다 보면 담벼락 모퉁이에 밥과 반찬 몇 가지가 든 박 바가지가 놓여있기도 했다. 누군가가 '양밥'을 한 것이다. 이런 것은 알 수 없는 두려움을 불러일으킨다. 도망가듯 빠른 걸음으로 지나쳐간다.

그 어느 달밤에 본 지붕 위의 박꽃은 내 기억 중에도 가장 아름답고 우아한 기억이다. 지붕 위의 박 이파리 사이 하얗게 빛나던 것을 달빛이 스며든 박꽃이라고 해야 할까? 박꽃에 스며든 달빛이라고 해야 할까? 어떻게 부르던 달빛과 박꽃이 어울려서 생겨난 새로운 아름다움이다.

요즘 올드머니룩이 유행한다고 한다. 올드머니란 대대로 물려 받은 재산을 말하고, 올드머니룩은 곧 그들이 입는 옷을 말한다. 고급스런 원단과 차분한 색감에다 창의적인 디자인으로 미니멀한 멋을 추구한다. 로고나 그외 어떤 표시도 없지만 특유의 고급스러움과 우아함이 깃들어있다.

내가 올드머니룩에 대해서 이야기하는 이유는 달빛 아래 핀 박꽃의 우아한 아름다움을 표현할 말을 이 말에서 찾았기 때문이다. 박꽃이 휘둘러 감아 입은 달빛이야말로 고급원단이 아닌가! 또 차분한 색상에다 어떤 로고도 없지 않은가. 달빛을 입은 박꽃보다 창의적인 디자인이 또 있겠는가. 아마도 올드머니룩의 원조는 달빛을 입은 박꽃일 것이다.

계수나무처럼 주위를 달콤하게 물들이는 이웃들

계수나무: 계수나무과에 속하는 식물이다. 암수딴그루로 5월에 잎보다 먼저 꽃이 핀다. 낙엽에서 달콤한 솜사탕 냄새가 난다. 원산지는 중국과 일본이다. 일본에서 국내로 처음 들여온 계수나무는 국립광릉수목원에 있다.

솜사탕 냄새가 바람에 실려 온다. 대구수목원의 좁은 나무 데크 길에 솜사탕 장수가 있을 리는 없다. 그래 그 나무, 이리 달콤한 냄새를 풍길 것은 그 나무뿐이다. 나는 느티나무가 아치형으로 줄지어 서 있는 수목원 입구 길에서 주위를 둘러본다. 아직도 녹색 잎사귀를 달고 있는 벚나무와 모감주나무와 산수유나무와 느티나무 사이에서 솔솔 솜사탕 냄새가 풍겨온다. 그 나무가 보이지 않는다. 나는 발걸음을 옮기며 나무마다 나뭇잎을 찬찬히 살펴본다. 얼마 전 나무에다 이름표를 달면서 그 나무를 본 기억이 나는데. '어디 있지?' 생각하며 옆을 바라보는데. 심장 모양의 녹색 잎사귀가 달린 **계수나무**가 서 있다.

계수나무는 일본이 원산지이며 우리나라에는 일제 강점기에 일본에서 들여온 것이다. **계수나무**는 암수딴그루로 4~5월에 꽃이 핀다. 벚꽃처럼 잎이 나기 전에 연한 홍자색 꽃이 핀다. 보통의 꽃과 달리 꽃잎이 없다. 암꽃은 3~5개의 암술이 모여 피고, 수꽃은 제법 많은 수술이 함께 모여 핀다.

계수나무의 꽃말은 '첫사랑의 쓴맛'이다. 낙엽이 질 때 계수나무 부근을 지나가면 달콤한 냄새가 난다. 달콤한 냄새는 마른 잎에서 나는 냄새고, 싱싱한 잎에서는 달콤한 냄새가 나지 않는다. 계수나무 잎에서 달콤한 솜사탕 냄새가 나는데 왜 꽃말이 왜 '첫사랑의 쓴맛'일까? 궁금했다. 계수나무의 녹색 이파리를 씹어 보았다. 썼다. 계수나무의 꽃말을 지은 사람은 왜 계수나무가 애써 만든 달콤한 향내를 버려두고 쓴맛이라고 했을까? 쓴 맛이 나는 식물 잎은 많지만, 달콤한 냄새를 풍기는 잎은 찾아보기 힘든데 말이다. 나라면 계수나무의 꽃말을 사랑의 달콤한 맛이라 하겠다.

대문 옆에 계수나무 한 그루를 심고 싶다. 가을 아침에 창문을 열면 계수나무 잎의 달콤한 냄새가 코를 간질일 것이다. 저녁 귀갓길엔 달콤한 냄새가 먼저 달려 나와 나를 반겨 줄 것이라, 하루의 고단함을 잊게 될 것이다. 지나가는 사람들도 달콤한 냄새에 문득 발걸음을 멈추고 어디서 이런 달콤한 냄새가 날까 둘러볼 것이다. 어쩌면 솜사탕 장수가 솜사탕을 팔고 있는지 주위를 살펴볼지도 모른다. 사람들은 나뭇잎에서 진한 솜사탕 냄새가 난다는 걸 상상하지 못할 테니까. “이게 뭐지?” 하며 발걸음을 옮기면서 달콤한 냄새를 다시 들이켜 볼 것이다.

계수나무처럼 주위를 달콤하게 물들여 가는 사람들이 있다. 그런 사람들로 인해 세상은 살 맛이 난다. 한 할머니가 수십 년 김밥을 팔아 모은 재산을 기부했다는 뉴스에 내 귀가 달콤해진 적이 있다. 이런 소식이 전해지면 사람들이 떼 지어 몰려가 그 김밥을 사 먹는다. 이른 바 돈쭐을 내주는 것이다. ‘돈쭐을 낸다.’는 말은 신조어로 선한 일을 한 기업이나 자영업자가 흥하도록 물건을 사주는 일을 뜻한다. 이는 ‘돈’과 ‘혼쭐내다’를 합친 합성어이다. ‘혼쭐내다’라는 말은 잘못한 사람을 꾸짖고 혼을 낸다는 말이지만 여기서는 칭찬이나 지지의 의미를 담고 있다. 가수가 무대에서 노래를 부르면, 마음이 달달해진 관람객들이 그 노래에 반응하여 떼창을 하듯, 사람들이 선한 일을 한 기업이나 자영업자를 돈쭐내는 것도 일종의 떼창이다. 어느 날 김밥을 사 먹으러 갔는데 주인 할머니가 김밥을 말고 있었다. 이 할머니가 전 재산을 기부한 할머니가 아니어도 상관없다. 접시에 두 줄로 가지런히 담긴 김밥은 이미 달콤한 향기 자체였으니까. 돈쭐 맞는 사람은 먼저 선한 이웃이 되어준 사람이다.

자신이 처한 상황에 따라 고개를 숙일 줄 아는 민들레

민들레: 국화과의 여러해살이풀이다. 잎은 길이 20~30cm, 깊게 갈라지고 가장자리에 톱니가 있다. 꽃은 3~5월에 꽃줄기 끝에 피며, 노란색이다. 외래종은 꽃받침이 아래로 꼬부라져 있다.

퀸스로드 공원에 맨발 걷기를 하러 갔다. 민들레 씨앗에 달린 하얗고 둥근 갓털이 햇살에 빛나고 있다. 사람들은 민들레가 봄날에 노란 꽃을 피운다고 알고 있지만, 여름에서 가을 심지어 겨울에도 노란 꽃을 피우는 민들레가 있다. 이는 대부분 외래종이다.

토종민들레와 서양민들레의 꽃은 서로 비슷해서 꽃을 보고 구별하기는 쉽지 않다. 토종민들레와 서양민들레를 구별하려면 꽃을 뒤집어 보면 된다. 꽃받침이 위로 향해 있으면 토종이고 아래도 구부러져 있으면 외래종이다.

햇살에 빛나고 있는 민들레 둥근 갓털이 눈에 들어오는 순간, 오래 전에 내가 했던 말 한마디가 가슴속에서 불쑥 솟구쳤다. 민들레가 서 있는 주위엔 며칠 전까지만 해도 샤스타데이지가 무성하게 자라고 있었다. 샤스타데이지 사이사이에 강아지풀과 방동사니 같은 풀들도 바람에 살랑거렸는데. 지금은 방금 예초기를 돌린 잔디밭 같다. 다른 식물들이 모두 예초기에 깎여 나갔는데, 민들레 한 포기가 둥근 갓털을 달고 덩그러니 서 있다. 저 민들레는 어떻게 예초기 칼날을 피해 갔을까?

이십대 초 공무원으로 재직 중일 때였다. 우리 사무실에는 두 부서가 함께 사용하고 있었다. 어느 날 나는 옆 부서 계장과 함께 직장 앞 빵집에 가서는, 빵과 우유가 놓인 테이블에 마주 앉아 있는 계장에게 "저는 쌀의 미예요."라는 생뚱맞은 말을 하였다. 그러고 나서 "나락이 정미소 기계에 들어갔다 나오면 껍질이 깎여 하얀 쌀이 되잖아요. 그런데 깎이지 않고 그대로 나오는 미가 있죠? 그게 바로 저예요. 세상 사람들이 다 그렇게 산다 해도 저는 그렇게 살지 않습니다." 계장은 다소 놀란 듯 "뭐? 쌀의 미?"라고 말했다. 물론 요즘은 정미소 기계의 성능이 좋아서 쌀 속에 미가 섞여 나오지 않는다. 그 시절엔 쌀 속에 미뿐 아니라 돌까지 종종 섞여 있어서 밥을 먹다가 돌을 씹기도 하였다. 사람들은 돌을 씹어도 약간 투덜대고 그냥 넘어갔다.

옆 부서는 직원들 모두 외근을 하기 때문에 두 부서가 사용하는 사무실이지만 우리 부서만 사용하는 것과 마찬가지였다. 어느 한가한 날 오후였다. 혼자 내근을 하던 옆 부서 계장이 내게 말을 걸어왔다. "최 양, 왜 그렇게 재미없게 살아? 좀 재미있게 살아봐. 나랑 시간도 좀 보내고." 내가 재미없게 산들 그것이 기혼 중년 남성인 계장과 무슨 상관인가? 내가 재미없게 사는지 재미있게 사는지 계장이 알 턱이 없다.

다른 사무실에는 내 또래의 남자 직원들이 근무하고 있었다. 이들 남자 직원들과 이야기할 때였다. 한 남자 직원이 내게 "사감 선생님이나 혹은 윤리 선생님 같아요."라고 하니 다른 남자 직원이 말한다. "그런데 말을 해보면 그렇지 않네요." 그렇다. 나는 보이지 않은 선들을 그어놓고 그 선 안에서만 생활했다. 길을 갈 때도 한눈을 팔거나 하지 않고 앞을 똑바로 바라보고 걸어갔다. 다른 사람 눈에 틀에 갇혀 재미없게 사는 것처럼 보였을 수 있겠다. 사실 아버지의 병환으로 꿈을 포기하고 어쩔 수 없이 하는 일이었으니 재미있게 사는 것은 아니었다. 그렇다고 해도 불순한 생각을 가진 유부남에게 밥 한 번 얻어먹는 것을 재미있게 사는 것이라고 여긴 적이 없다. 내게 재미있는 일은 꿈을 향해 나아가는 것이었다.

계장의 계속된 언행을 거절하자 계장은 "그러면 최 양이 맛있는 것 좀 사줘 봐."라고 말했다. 나는 "좋아요. 사드릴게요."라고 말했고, 바로 그날 퇴근하면서 빵집에 함께 간 것이다. 빵 값은 내가 냈다. 계장이 빵집에 앉아서 내가 한 말을 어떻게 생각했는지 모른다. 그날 이후 계장은 내게 치근덕거리지 않았다.

기분 좋게 맨발 걷기를 하러 나왔지만, 떠오는 과거에 가슴 속이 불쾌한 감정으로 뭉글거린다. 이런 기분에서 벗어나고자 유튜브의 명상음악을 골라 이어폰을 통해 들으며 민들레를 다시 한번 쳐다보았다.

"민들레야, 넌 뭐라고 말했니? 샤스타데이지와 여기 있던 풀들 깎아버린 예초기를 돌리던 사람에게 말이야." 민들레가 대답하지 않는다. "네가 무슨 말을 했길래 예초기 돌리던 사람이 너를 남겨 놓았겠지. 그러니까 무슨 말을 했냐고?" 애꿎은 민들레에게 화살을 날리는 나를 발견한다.

민들레는 겨울 동안은 잎을 펼치고 땅에 납작 붙어있다. 민들레처럼 사방팔방으로 잎을 펼치고 땅바닥에 붙어있는 식물을 로제트식물 혹은 방석식물이라 한다. 로제트식물인 민들레도 햇빛을 조금이라도 더 받기 위해 잎을 공작 꼬리처럼 활짝 펼친다. 그리고 매서운 겨울바람을 맞지 않으려고 땅바닥에 붙어있다. 그리고 꽃이 피면 꽃대를 높이 들어 올린다. 햇빛도 많이 받고 수분을 하기 위해 벌이나 곤충을 불러 모으기 위해서다.

민들레는 수정되면 꽃대를 숙이지만, 씨앗이 여물고 나면 꽃대를 다시 곧추세운다. 갓털에 달린 씨앗을 멀리 날려 보내기 위해서다. 민들레는 자신이 처한 상황에 따라 고개를 들 줄도 알고 숙일 줄도 안다. 때로는 바람을 이용하고 때로는 바람을 피하면서 살아간다.

나는 상황에 따라 유연하게 잘 대처하지 못했다. 계장이 내게 실없는 소리를 해댈 때 거절했지만 큰 변화가 없었다. 내가 분명하게 거절을 하지 못한 것인지, 계장이 막무가내로 행동했는지 잘 모르겠다. 거절하면서 불쾌한 감정을 제대로 표현하지 않은 것은 확실하다.

얼마 후 나는 부서 이동을 했고 계장은 다른 곳으로 전근을 갔다. 시간이 좀 흐른 후 근무 중에 전화가 왔다. 전화를 받았는데 계장이었다. 계장이 말했다. "최 양이 쌀의 미라는 것 인정할게." 화가 불쑥 치밀었다. '당신이 무슨 자격으로 나를 쌀의 미로 인정한다는 거야? 내가 당신의 인정을 받아야 할 이유가 있나?' 라는 생각이 들었지만, 입 밖으로 내지 못했다. 계장은 나를 인정한다는 말을 할 것이 아니라 내게 무례한 행동을 한 것을 사과해야 했다.

민들레는 상황에 따라 땅바닥에 납작 엎드리기도 하고 하늘을 향해 고개를 쳐들기도 하는데, 아직도 이런 불쾌한 감정을 유발하는 상황에 대처하지 못하고 있는 내 자신이 한심했다.

민들레가 씨앗을 멀리 보내기 위해 고개를 하늘을 향해 들듯이, 나를 무례하게 대하던 계장에게 불쾌한 감정을 표현하고 내 속의 묵은 감정을 날려 보내야겠다. 재빨리 어깨에 힘을 주면서 고개를 빳빳하게 세워본다.

에필로그

'숲이 없으면 사람은 살 수 없지만, 사람이 없으면 숲은 더 잘 굴러간다.'란 말이 있어요. 이 말은 숲과 사람의 관계를 적나라하게 보여주는 말이고, 사람들이 '숲이 답이다.'란 말을 왜 하는지 깨닫게 해주는 말이기도 하지요.

제게도 숲이 답이었어요. 저는 2004년 대구수목원에서 자연지도자로 봉사활동을 시작했어요. 봉사활동에 관심이 있어서라기보다 숲에 대해 알고 싶어서였죠. 이때 저는 50대 전업주부였는데 그때는 60살이 되면 모든 사회 활동을 접고 사는 거라 생각하는 시절이었지요.

올해로 제가 대구수목원에서 자연지도사로 자원봉사활동을 시작한 때로부터 어연 20년이 지났어요. 지금은 60대 혹은 70대에도 능력이 있으면 사회 활동을 할 수 있는 시대로 변했어요. 노인이 건강하게 살려면 사회 활동을 계속해야 한다고 믿는 시대이기도 하고요. 사회 활동을 계속하는 노인이 자존감도 높고 더 행복하게 살아갑니다.

제가 대구수목원에서 자원봉사활동을 시작한 것이 얼마나 잘한 일인지 몰라요. 그렇지 않았다면 가방끈 짧은 제가 어떻게 사회 활동을 이 나이까지 할 수가 있겠어요.

자연지도자로 봉사할 때, 봉사활동이 없는 날에도 매일 오후에 대구수목원에 갔어요. 제가 잘 모르는 식물은 식물도감에서 찾아보기도 하고 다른 사람들에게 물어보았죠. 제가 매일 오후에 수목원에 온다고 하여 '오후장학생'이란 별명을 얻기도 했지요.

19살의 저는 꿈을 이룰 수 없다고 생각했죠. 꿈을 이룰 수 없다는 생각에 갇혀서 지난 수십 년 동안 할 수 있는 방법 조차 찾아보려 하지 않았기 때문에 아무것도 이루지 못했던 것이죠. 제가 숲에서 오래 활동했으니까, 숲에 관한 이야기를 쓸 수 있는 건 아니에요. 70살이 눈앞에 있는 노인이지만 그게 뭐든 할 수 있다고 생각했기에 첫 책을 써낸 거예요.

숲이란 책에서 1cm 냉이를 만나셨다면 당신은 행운이나 우연이라고 생각하지 마세요. 집안에 가만히 누웠다가 1cm 냉이를 만난 게 아니잖아요. 이건 필연이에요. 당신이 숲이란 책 속의 길을 걸어갔으니까 얻은 필연이에요. 아직 못 만났으면 어떤가요? 숲은 늘 거기 있고, 항상 열려 있는데요. 당신이 숲을 찾아가기만 하면 되니까요.

우리가 삶을 바꿔줄 행운을 만날 기회는 거의 없겠지만요. 우리가 삶을 바꿔줄 1cm 냉이를 만나기로 마음을 먹는다면 만날 수밖에 없어요. 왜냐하면 비가 올 때까지 기우제를 지내는 것과 같은 일이라서요. 당신이 1cm 냉이를 만나 숲으로 간다면, 1cm 냉이를 만나고 말테니까요.

시지프스의 돌을 굴리고 있는 당신에게 마음을 다해 이 글을 썼습니다. 당신이 숲에서 1cm 냉이를 만나, 원하는 삶을 살아간다면 저는 참 좋겠습니다.

최 정희

참고문헌

- 김성수, 《우리 나비 백가지》, 현암사, 2006.
- 김진옥, 소지현, 《극한 식물의 세계》, 다른, 2022.
- 소어 핸슨, 《씨앗의 승리》, 하윤숙 옮김, 에이도스, 2016.
- 신혜우, 《식물학자의 노트》, 김영사, 2021.
- 윤주복, 《나무 쉽게 찾기》, 진선북스, 2018.
- 윤주복, 송기엽, 《야생화 쉽게 찾기》, 진선출판사, 2003.
- 이나가키 히데히로, 《싸우는 식물》, 김선숙 옮김, 더숲, 2018.
- 이유미, 《우리 나무 백가지》, 현암사, 2015.

- 김혜주, 황다예, 바다 뒤덮은 일회용품 쓰레기…"치울 수가 없어요", KBS 뉴스, 2022.11.23., https://news.kbs.co.kr/news/pc/view/view.do?ncd=5608332
- 손고운, 27년 장애인 시설에 살다 나와…전동휠체어 '쟁취'했다, 한겨레21, 2023.11.03., https://h21.hani.co.kr/arti/society/society_general/54620.html
- 김민수, GS건설 "인천 아파트 붕괴사고 사과…단지 전체 재시공", 대한경제, 2023.07.05., https://www.dnews.co.kr/uhtml/view.jsp?idxno=202307051138582750843
- 김현덕, 지하철 임산부석 앉자마자…"허겁지겁 도망쳤다" 이유가, 한국경제, 2022.12.11., https://www.hankyung.com/society/article/2022120963237

• 본문 내 언급된 언론 기사들과 사례 속 인물들은 독자들의 이해를 돕기 위해, 출처를 밝히며 사실을 기반으로 인용되었습니다.